“长安雅集”巨印由中央文史研究馆馆长、中国书法家协会名誉主席、书坛泰斗启功先生亲题。
印底为正方形，边长15厘米。印纽为五只雄狮，象征陕西省文史研究馆50华诞。

Beijing 2008

中华文明·陕西迎奥运书画作品

長安雅集

ZHONGHUAWENMING · SHAANXIYINGAOYUNSHUHUAZUOPIN

長安雅集

THE CULTURAL CELEBRATION OF DISTINGUISHED ARTISTS AND LITERARY MEN IN CHANG' AN

中华文明·陕西迎奥运书画作品

陕西省文史研究馆
李炳武 主编

陕西人民美术出版社

序

长安书画艺术界的伟大壮举

为了迎接在北京举办的2008年奥运盛会，让世界人民更好地了解中国社会，理解中国文化。陕西省文史研究馆组织208位书画艺术家历时三年创作完成了290幅六尺整张的书画作品，以祝福北京奥林匹克运动盛会、歌颂改革开放30年的辉煌成就。在展览开幕、画册出版之际，我想说：创意用290幅中国特有的诗书画印艺术形式向全世界展示中华民族博大精深的五千年灿烂文明，精妙绝伦，是一个创举。汇聚208位书画艺术家命题创作、共同完成如此浩大的文化工程，内容丰富更是一大创举。无论从题材的重要性、或是从创作的艰巨性来看，都可以说是长安书画艺术界的伟大壮举。

立意高远、大雅正声，是一部有重大意义的历史画卷。

大时代要有大手笔。奥运盛会，中国人欢呼、期盼的百年梦想；北京奥运，世界人欢聚、注目的难得时刻。借此机会，用各国人民易于接受、又便于表现的艺术形式全面展示中华民族五千年文明的博大精深、九百六十万平方公里锦绣河山的壮美雄阔，是我们的不懈追求；选取我国最富标志性的名山大川、四季花鸟、珍禽走兽，最具影响力的历史人物、重大事件、经典文献和优秀诗词作为创作题材；选用最具民族特色的诗书画印艺术形式来展现悠久灿烂的中华文明，是该画卷的显著特征。

在创作方案的策划过程中，得到了刘文西、吴三大、钟明善、萧云儒、赵振川、苗重安、江文湛、戴希斌、萧焕、王炎林、郭全忠、茹桂、薛铸、方鄂秦等书画艺术家的热情支持。他们就作品的思想内容、规格顺序、装裱形式以及深度开发等问题积极出谋划策、多有真知灼见。

内容丰富、精妙绝伦，是一部博大雄阔的时代画卷。

清代著名画家石涛先生说："笔墨当随时代"。该组画共四部分：一、《锦绣中华》（山水卷）。从喜玛拉雅山的《地球之巅》经三山五岳到《南国渔歌》，全面展现中华大地"崇山怀万有，群水汇海流"的壮观气势；二、《和谐中华》（人物卷）。从远古时期《龙的传人》经周秦汉唐到当今盛世的《天地对话》，全面展现中华民族前仆后继，艰苦奋斗的创造精神；三、《繁荣中华》（花鸟卷）。从《腊梅迎春》经春夏秋冬到《岁寒三友》，全面展现中国社会国泰民安，繁荣昌盛的和谐景象；四、《文明中华》（书法卷）。从《黄帝本纪》历老庄孔孟到《科学发展观》，全面展现中国人民聪明智慧、不断发展的灿烂文明。

北京奥组委领导评价该画卷："上下五千年中华文明，纵横九百六十万锦绣河山尽收眼底。不但表现了人文奥运、也表现了绿色奥运和科技奥运，这般鸿篇巨帙实属难得。"

大家云集、作品精良，是一部书画艺术家的倾情之作。

长安自古帝王都、诗书画印多高手。在208位作者中，既有笔墨精妙的丹青老手刘文西、陈忠志、郭全忠、王有政等；也有在画坛上如日中天的新锐张介宇、张小琴、王鹰、姬国强、杨光利、李成海、路毓贤、魏良等；既有在艺术院校教书育人的博导、教授钟明善、杨晓阳、戴希斌、萧焕、茹桂、陈国勇、杜中信、梁耘、孙文忠、薛养贤、李艳秋等；也有在美协、书协、画院画会中的领军人物赵振川、苗重安、王西京、雷珍民、邹宗绪、薛铸、胡树群、乔玉川等；既有工作之余笔耕不辍、书艺精湛的社会名流张保庆、白云腾、赵学敏、王改民、陈忠实、贾平凹、骞国政、余少君、李敬寅、韩银祥等；也有半路出家而执着地勇闯艺术殿堂的成功者任步武、陈天民、李清逸、严明星、宋亚平等。这些历练不一、师承各别、画风迥异、流派多样的书画艺术家，舍弃门户之见，从四面八方汇集而来，为了追求和实现一个共同的目标：祝福北京奥林匹克运动会圆满成功，歌颂改革开放30年来取得的辉煌成就，表现出了前所未有的创作热情和群策群力、众志成城的协作精神。这次集体艺术行为，是求和谐、和合、合而不同的中华文化与顽强拼搏更高、更强、更快的奥运精神的完美结合。艺术家们深深地意识到这是展现艺术实力，履行社会责任，表达爱国情感的难得机遇。这是陕西书画界的一次大集结，这是陕西书画艺术的一次大检阅。这是一部凝结着陕西书画艺术家们心血的倾情之作。

中华文明·奥运书画，是一项影响深远的文化工程。

文化是凝聚人心、激励人民的重要力量，是民族传承、国家统一和社会发展的精神动力，是综合国力的重要因素。坚持开门办馆，有选择地与文化团体和人文社会科学研究机构建立联系，举办多种形式的学术性、文化性、艺术性活动，以宣传优秀传统文化，弘扬中华民族精神，为促进经济发展和社会进步提供历史借鉴和智力支持，是我们承担的重要任务。举办“长安雅集大型文化活动”之目的：就是想通过文人雅士手中的笔，心中的诗、满腔的情来弘扬优秀民族文化、彰显盛世中国的繁荣景象，以激发全球华人重振汉唐雄风的信心，为国家长治久安、社会和谐发展、人民长寿安康服务。

胡锦涛同志号召大家“更加自觉、更加主动地推动文化大发展大繁荣”，并“在中国特色社会主义的伟大实践中进行文化创造”，“让人民共享文化发展成果”。因此充分发挥文史研究馆的组织优势，集中力量开展有广泛影响、有实际效果的文化建设工程，努力推动社会主义文化的大发展大繁荣，以加快陕西文化强省建设的步伐，是我们肩负的社会责任。组织《中华文明·陕西迎奥运书画作品》创作和展示，就是这种社会责任的体现。

陕西省人民政府高度重视这项文化工程，决定对《中华文明·陕西迎奥运书画作品》的优秀作者予以表彰奖励。在评选阶段，吴三大、钟明善、萧云儒、戴希斌、萧焕、陈国勇、王炎林、雷珍民等书画大家认真负责、公平公正，逐张审评、反复筛选。为了褒扬后学，扶植新秀，全体顾问和评委主动放弃参评资格，表现了艺术大家的高风亮节和对长安书画事业的崇高责任。最后，我谨以策展人的身份，对全体顾问、全体创作人员、全体工作人员和支持该项工程的一切有识之士深表谢忱。

谨以208人精心创作的290幅六尺整张书画作品《中华文明·陕西迎奥运书画作品》：

献给2008年改革开放30周年的伟大祖国！

祝福第29届北京奥林匹克运动会圆满成功！

陕西省文史研究馆馆长　李炳武

2008年4月18日于故都长安

春日里的中华精神家园

萧云儒

在奥运圣火传遍全球五大洲，马上就要在2008北京奥运会开幕式上点燃的时刻，由陕西省人民政府、中央文史馆主办，陕西省文史馆具体组织策划，三秦大地208位知名书画艺术家共同精心创作的这部《中华文明·陕西迎奥运书画作品》大型画集，在第三届“长安雅集”上面世了。

打开这部大书，经由笔墨水纸构成的中国画艺术的长卷，我们走进了中华文明、中华精神的无尽长廊。它堪称是一部锦绣中华的万里图卷，一部文明中华的交响史诗。它将中华大地56个民族共同拥有、共同享用的生存家园和精神家园，以极为精美的艺术形象展示于浩瀚的长卷之中。它是那样地令人目不暇接、美不胜收，气吞山河的大气魄、神驰八极的大笔墨，无不给人以视觉的、心灵的强震撼。在近年来的中国书画展览和中国书画创作中，很少能够看到如此恢宏气象的史诗般巨构。

书画集由290幅书画作品组成，分为《锦绣中华》《繁荣中华》《和谐中华》《文明中华》四部分。四大板块有如交响乐的四个乐章，从不同方面、不同层次谱写了一曲“中华颂”。风格上的多彩多姿，精神上的浑然一体，被策划者、创作者有机组合到一起，恰如古人在《左传》中所云，那真是“如乐之和，无所不谐”。

《锦绣中华》篇，以六十余幅山水画，徐徐展现了雪域高原、丝路古道、塞北江南、五岳雄姿、千里烟波、万里海疆，将中华美景、华夏名胜尽揽彀中。以苍莽、辽阔、险峻、秀丽、明媚、澄明等等不同调式，突现了这“锦绣”二字，使客体的大自然有了主体的感情倾向。这是中华美景，更是我们世世代代生活的家园。当创作者和欣赏者都将自己心中的“家园”情愫融进水色山光之中，无论是构图、笔墨、色彩，便显出了人文化的温馨意趣，而景致也便转化为风情，转化为心曲。

《和谐中华》篇，以六十余幅人物画，展示了多民族共居于中华统一大家庭中那其乐融融的和谐图景，也展示了自古以来便向着世界畅开胸怀的开放的中国。古往今来汉民族历史上的贤哲神明、英雄智者、风流人物，天山脚下慓悍、智慧、幽默的维吾尔、哈萨克、塔吉克兄弟，在激越的舞蹈中飞扬出高原气质的藏族和康巴汉子，西南边陲的民族少女，以及通过张骞、玄奘、鉴真等联结起来的世界各地风情，组成了一道道和弦和交响。中国的和谐、统一和发展，是各民族兄弟以自己的智慧和包容共同创造的，也融进了人类进步文明的因子。画面上的这些人物虽然不生活在同一时空，也不处于同一画面，但艺术家以对人物表情、体态、形姿尤其是对内在神态的精到刻画，表达了多民族大家庭中那种共有的怡适和惠的生命状态。

《繁荣中华》篇，以七十余幅花鸟画，展示了百花在阳光下摇曳多姿的风情，在开放中喷薄而出的生命感，于是百花因百态而有了百性，而百鸟在春色中的展翅翱翔和鸣啭酬唱，又使得百鸟因百音而有了百情。毋庸置疑，我们当然地感受到了一种密集的艺术信息：艺术家这是在以生命的萌动蓬勃，暗寓着一个明丽的时代，一种宁适的生活，一泓青春的意绪。

《文明中华》一篇则以百余幅书法作品，将上下五千年来中华贤哲们的思想精华，用各种书体逐一书写出来。从黄帝、仓颉起，中经老庄、孔孟、司马、李杜、康梁，直至孙中山、鲁迅、毛泽东，在我们眼前隆起一道中华民族的精神长城，这是民族的也是人类的智慧长河。奔涌向前的波涛中，深邃的思考和超人的感悟如翻滚的浪花随处闪光。它让我们在短暂的浏览中，接受了一次中华精神、中华哲思、中华智慧的洗礼，灵魂因此而有所安妥。

综观整体的构思和所有的作品，书画集全面展示了中华大地的自然风光之美

（《锦绣中华》和《繁荣中华》），社会心灵之美（《和谐中华》），历史文化之美（《文明中华》）。而《锦绣中华》篇与《繁荣中华》篇，虽然直接呈示的是自然美中的山水花鸟，却又无不在更深刻的层次上暗喻着人心和社会，象征着中华精神的“锦绣”和中国社会的“繁荣”，完全是费孝通先生所说过的那种“各美其美，美美与共”的境界。

需要特别提到的是，这部集中反映中华共有精神家园的大型书画集能够率先在陕西出版、在“长安雅集”上面世，也一定程度反映了长安文化在中华文明总格局中的重要地位。作为在历史极盛期植入中华精神肌体的文化芯片，长安文化对于整个中华文明乃至东方文明的代表性和标志性作用，对中华文明的全息性凝聚和辐射性影响，都是无可争议的。如此浩瀚的艺术构思和创作行为，选择在古城的“长安雅集”上开其先河，也就毫不奇怪了。

《中华文明·陕西迎奥运书画作品》的创作、展览和出版，是一次规模空前的主题性艺术活动。据我所知，这项活动2006年就已启动，参与的艺术家几乎囊括了三秦大地的书画精英，无论是宿耆、还是中坚和新秀，老、中、青三代作者都以极大的热忱投入了创作。三年中，组织者多次召集文化学者和业内人士反复论证方案、研讨修改作品。其间又两次预展，广泛听取社会各界意见，再修改再提高再推出。笔者也多少参与其中，深知主事者李君的操劳和甘苦。艺术创作当然是个体性和感悟性极强的精神劳动，却也并不排斥群体的有目的的大型艺术行为和艺术活动。可以说，这次主题创作活动作了十分可贵而又成功的探索。它既追求单幅作品的艺术创新和艺术魅力、艺术感染力，同时更注重群体的、系列的作品所营造的整体文化氛围和艺术心理场，以在审美过程中对欣赏者实现全维的浸润和渗透，这都为今后提供了极有价值的艺术创作思路和艺术实践方式。

写于西安不散居

2008年4月15日

书法故乡 墨舞和风

钟明善

被国际友人誉为书法故乡的三秦大地成就了历代灿若群星的书法艺术大家。这些有名的和没有留下姓名的书法艺术家创造了足以令世人惊叹的无数书法艺术珍宝，汇入了中华民族浩瀚的文化艺术宝库，也成了人类文化艺术遗产中的奇珍。

这是一块文化积淀丰厚的艺术沃土，这是中国书法艺术的渊薮，也是撒遍了中国书法艺术珍宝的神奇土地。从新石器时代的文化遗迹开始，历经周秦汉唐等十三个在长安建都的朝代，地上地下文物可以排成完整的中国文化史系列，书法文化史迹更是这一文化链条上最精彩、最富有民族特色的锦绣华章。这里有人文初祖时代符号神奇的半坡村，有关中金石之府西安碑林，有钟鼎石鼓之乡周原，有文星璀璨的中国第一帝都咸阳，有“阁伴云眠”的略阳灵崖寺，有石门摩崖横陈的汉中博物馆，有奇碑林立的耀县药王山，有初唐名碑荟萃的昭陵碑林，有佛光冉冉的法门寺，有桥陵、泰陵唐代名碑遍野的蒲城，有赤崖榜书雄风的塞上江南榆林红石峡，至于散见于三秦大地的断碑、残碣、砖瓦陶文、玺印封泥各种金石文字更是随处即见，真是吉光斤羽遍长安。

这一神奇的书法沃土，孕育了历代无数书法艺术大家。文字始祖仓颉“仰观天象，俯察地理，近取诸身，远取诸物”，创造、整理、推广了汉字，感天地动鬼神的辉煌把我们的民族带入了人类文明的新时代。中国书法艺术史的第一页也在此时翻开。

以汉字为载体的书法艺术在五千年的文明史册中一直具有实用与观赏的双重功能。对应用文字的美化，对书法审美意义的追求，使书法艺术成了最能体现中华民族文化思想的独特艺术门类。书法艺术所体现的民族文化根性超时空，超阶级的存在于中华民族的文化基因之中。三秦大地古都长安不仅是历代政治家翻云覆雨的大舞台，也是历代书法家舞文弄墨的大书案。

李斯、萧何、程邈、郭香察、韦诞、王远、虞世南、欧阳询、诸遂良、徐浩、张旭、贺知章、李太白、颜真卿、怀素、柳公权、李阳冰、裴休、无可、薛绍彭、李建中、米万钟、王弘撰、王杰、宋芝田等在中国书法史的丰碑上已镌刻上了他们金光灿灿的大名。近现代以于右任先生为旗帜的书法大纛之下更有茹欲立、贺伯箴、王世镗、张寒杉、寇遐、段绍嘉、刘自椟、宫葆诚、卫俊秀、陈泽秦、程克刚、高乐三、邱星等大师以他们的如椽大笔和着时代的节奏，以笔墨抒写着自已对祖国的情怀，对中华民族文化根性的眷恋与热爱，抒写着自已不同时期命运的挣扎、叹息、凄切与欢愉。

书法曲折地反映着时代精神。书法艺术中既有命运多舛生活坎坷的苍凉，也有沐浴朝阳、古木迎春的欢快。总之有良知的书法家总是心系着祖国、人民、民族的命运，与人民荣辱与共，甘苦同享。今天，在迎接奥运的日子里，世界和平的主题时时在三秦书法家的胸中激荡，改革开放、走向世界的陕西，世界人民关注的陕西，八百里秦川日新月异的可喜巨变更直接与书法家们血脉相连，激发着书家们强烈旺盛的创作欲望。当代中国文坛群英辈出的大好文化背景，书坛精英的不断涌现更像强心剂促进三秦书家群精研奋进，频繁的中外书法文化交流，它山之石激励着我们三秦书家群的自觉、自主、自强意识。

中华传统文化的理念、精神，改革开放所带来的盛世和风化作了三秦广大书家的笔歌墨舞。对中华民族优秀传统文化以及精神家园的永远钟爱已成了书家们的遗传基因。在他们各具个性的书法作品里，你能看到他们对世界和平的期盼，对祖国强盛的欢愉，对陕西成功发展的欢歌，对爱与美的不懈追求。书为心声，透过书法作品的点线波变，你会触到这群少长咸集的书法家们心灵的合唱与独白。为世界和平，为祖国富强，为人民安乐，为社会和谐，是三秦书法永恒的话题。看看以此种精神创作的《中华文明·陕西迎奥运书画作品》，你会与他们心灵共鸣，也会为他们追求书法美的精神所感动，更会体悟出他们的书作中笼罩着诗一样的祥和之风。

书家们以自己的艺术劳动为共和国的精神家园创造了灿烂的文化层面，也向世界展现着三秦人的精神风貌与不懈地审美追求。对世界和平与美好的憧憬更是他们共同的心声。

2008年4月19日夜

重建“宏大叙事”的一次尝试

——写在《中华文明·陕西迎奥运书画作品》出版之际

吴振锋

拈出这个题目，乍一听来，颇有些耸听之味，然却是本人读毕这部《中华文明·陕西迎奥运书画作品》的真实感受。强作此文，虽为应约，但也是有一些话可借此一说，亦是乐意为之的。

20世纪90年代，“现代性”成为人们不断言说的话题。何谓“现代性”？这个问题，即使在西方，也被追问了几十年。哈贝马斯、利奥塔、福柯，西方的现代语境中大多数杰出的思考者都追问过。他们都以“现代性”的追问作为切入点来谈论后现代主义。按意大利学者瓦提摩的看法，现代性就是“现代”成为价值，成为时代一切价值的本原。而“现代”成为价值的一个基本前提就是告别古典，面对旧秩序的崩溃。因此，“现代性”给予我们的首先是历史的转折。但这又不是一个时间的概念。那成为一切价值之本原的，使“现代”成为“现代”的究竟是什么？在利奥塔看来，是一些元话语和宏大叙事。他说，“我将使用‘现代’一词来指示所有这一类科学：它们依赖上述元话语来证明自己合法，而那些元话语又明确地援引某种宏大叙事，诸如精神辨证法，意义阐释学，理性劳动主体的解放，或财富创造的理论。”① 利奥塔在论述中将宏大叙事概括为两大合法化神话，一是自由解放，一是思辨真理。前者属于法国激进革命的传统，后者属于德国哲学思辩的传统。在西方人看来，这些元话语，宏大叙事已经走向衰亡，“现代性”走向了它在追求时便已隐匿看到深渊。利奥塔将“后现代”定义为“针对元叙事的怀疑态度”。他认为，宏大叙事功能“正在失去它的运转部件，包括它伟岸的英雄主角，巨大的险情，壮阔的航程及其远大目标。”② 利奥塔将这些归结为，科学知识发展到现在，专业化分工导致了各门知识之间出现了“不可通约性”，于是，作为普遍根据的“元叙事”不再有效，“局部决定论”大行其道，结果是知识分子从18世纪那种“启蒙的英雄”或“解放的英雄”，转向专业人士，以“小叙事”取代各种“宏大叙事”。

事实上，改革开放30年来，中国学术界、艺术界却走过了从“现代”到“后现代”的股股思潮。文艺界委实也对“宏大叙事”进行了一番实实在在的解构和消解，也即“以‘小叙事’取代各种‘宏大叙事’”，回归到文艺本体的应然状态。然而，反思以往，今天，我们似乎应该认识到，中国的现代性决然不同于西方的现代性，尽管它与西方有着不可忽视的关联。从19世纪到20世纪初，中国经历了告别古典的历史转折，走向了对“现代”的寻梦之旅。中国现代性有着两大元叙事：民族主义和启蒙理性。这是近代以来中国人反抗封建愚昧，追求民族昌盛、人民幸福的特定文化思路。近代以来，尤其是五四新文化运动时期的启蒙知识分子，康有为、梁启超、胡适、李大钊、陈独秀、刘半农、鲁迅等一大批锐意变革中国的知识分子，缔造了中国历史上深刻的文化变革。他们以启蒙为己任，高扬“德先生”和“赛先生”的旗帜，从识字教育，到开办新式学堂，从对传统文化的深刻批判，到对中国未来强烈的忧患意识，这时的文化人大都以追求新的“元叙事”来取代已经流传了几千年的古老的“宏大叙事”（尤其是正统的儒家思想经典）。相较于今天的专门化的知识分子，则不免让人气短。如今的文化人，在日益狭窄和局限的制度化和专业化领域里，从事着越发艰深越发专门的知识构建，“宏大叙事”正在被消解为次要的，甚至是可有可无的东西。专业化和规范化的知识构成，愈来愈演变为一种技术的强制与暴力，思想从一种生存的智慧退化为专门学问技能，日趋专业化的操作主义和追逐名利的功利社会学，使其越发满足于狭小领域“井底之蛙”的成就感，这似乎已成为当下人文知识分子的真实现状和普遍景观。如此看来，呼唤“终极关怀”，呐喊“人文精神”，重建“宏大叙事”，决非空穴来风。不可回避的现实的确是，知识分子的社会角色经历了深刻的变迁——从普遍性知识分子转向专家性知识分子，从关注宏大叙事的启蒙英雄转向小叙事的专门家，转向某领域的权威，局部问题和专业领域的解释者等等。③ 那么，在当代中国的文化语境中，面对现代性的难题，我们该如何进行我们的文化选择和文化创造？我们能有什么资源可以提供为消解现代性负面因素而有效利用？无疑，从根本上说，我们不可回避这样的问题与挑战：如何在人类总体文化的层面上突出自身文化的特殊性及其普适价值？换言之，解构之后如何重建？重建怎样的“宏大叙事”？这的确是值得深省的。

就艺术或者中国的书画艺术而言，作为一个从事书画研究的文化工作者，我的初步理解是：

其一：“文化的自觉”。费孝通先生曾经这样解释文化自觉，他说，文化自觉是指“生活在一定文化中的人，对自己的文化有自知之明。明白它的来历，形成过程，所具有的特色和它发展的趋势。”而我们之所以要有文化自觉，是为了强化对文化转型的自主能力，取得决定适应新环境、新时代文化选择的自主地位，这也是所谓现代与传统互动的一个认知。以中国书画为例，中国画也好，中国书法也罢，原本就不仅仅是一种艺术样式的问题，它们几乎和中国的整个文化联系在一起，若将其分离出来就已经不是它本来的面貌了；而且，正因为它曾经是那么深深地与文化的诸多方面（甚或生活方式）联系在一起，即西方所谓“非专业主义”，才使它有过那么不同一般的历史。汤因比就对这种精神性表示赞叹，他说，“为艺术的真正艺术，同时也是为人生的艺术。当然，如果艺术家成了职业性专家，不是为人类同胞，而只是为专家们表述的话，艺术确实不会有什么成绩。照我的见解，这种东西已不是为艺术的艺术，只不过是为艺人的艺术。”④ 应当说明的是，这种“非专业主义”的文化精神性在今天似乎稀薄了许多。再如，中国书法中的“抽象性”或者“意象性”，在很大程度上，西方人难以深入就里。书法中的“时间之因”是其叙展其内在精神流动的不可或缺的维度。书法精神表现的微妙“力场”，其巨大的“对话”可能性被语言遮蔽了，但正由此，它向未来延伸的力量是难以估量的，关键在于要不断地吃透其中匿藏的文化深义。可以肯定地说，艺术的最高旨归只能是具体的人的存在本身。任何有意义的探索或实验，最终都要趋归于艺术的本质追求，如此，中国书画才有了走向未来的真正依托。中国书画传统资源必将是人类共同的文化财富。正如傅雷先生给傅聪的家书里所说，“21世纪的东方文化将会被越来越多的西方人所接受，将会起作用。”“东方的智慧、明哲和超脱是能和西方的活力、热情、大无畏的精神结合起来，人类可望看到一种新文化的出现。”

其二，艺之于人的关系。马克思一再强调“人的全面发展”，现代化当然也应该“以人为目的”。教育对人来说，是一个终身化的过程，这已经是一种共识。在当代，科技的发展为这个地球创造了许多奇迹，但科技并不能解决人类所面临的诸多问题。比如，20世纪医学科技使人们告别了麻风病、天花、霍乱等许多疾病，但都对人的精神、心理疾病无能为力。当代中国，物质温饱解决之后，精神问题即大众心理健康和精神幸福问题日益成为最艰巨的社会工程。现代化生活条件下，物质利益追逐中的焦虑、紧张、孤独和空虚将是每个中国人都要面对的人生经验，解决这个精神痛苦则是当代文化的主题。人类精神领域的问题，仅仅靠自然科学是难以解决的。人的身心和谐、全面发展端赖于文化的功能。而艺术则不仅是情感的表达，也是情感的滋养。中国书画中历来倡导的“修行”有着强大的涵化能力，人进入艺术仿佛就是进入一种人性的“充电”状态。艺术对人的潜移默化是使人终身受益的重要形式，艺术对精神的培养是大有裨益的。再则，现代性“创新”思维，也需要艺术精神的培养。艺术最忌讳划一的、死板的不见个性的东西。艺术越是深入人心，个性倾向就越是卓著，创造的动力也就没有消失的时候。

其三，时代性中的个人姿态。客观地看，中国的现代化还没有根本完成，还在进行中。胡锦涛同志在“十七”大报告中指出：“当今时代，文化越来越成为民族凝聚力和创造力的重要源泉，越来越成为综合国力竞争的重要因素，丰富精神文化生活越来越成为我国人民的热切愿望。”⑤ 所以，他提出要“兴起社会主义文化建设新高潮，激发全民族文化创造活力，提高文化软实力。”我认为，如果不是对“意识形态”一词望文生义的话，它的义指当是对人和社会、及与人和社会有关的宇宙的、认知的与道德的、信念的通盘形态。上述正是当代中国最强势的“意识形态”。这也是时代赋予的历史使命，是真正意义上的“宏大叙事”。因为人总是生活在一定的现实生活中的，所以，艺术对人生目的的追问不可能完全脱离当下的生存境遇而孤立地进行，这就要求艺术既实现了有限目的，又超越有限目的而与艺术的终极关怀大致统一。鉴此，艺术家如何在历史的大变革中，在切实的大众人文关怀中证明自己的存在价值，便是重建“宏大叙事”的题中之义。胡锦涛在“十七”大报告中还指出：“中华文化是中华民族生生不息、团结奋进的不竭动力。要全面认识祖国传统文化，取其精华，去其糟粕，使之与当代社会相适应、与现代文明相协调，保持民族性，体现时代性。”⑥ “在全球化整合中只能不断保持自己民族的根本特性，打破全球格局中的不平等关系，使自身既具有开放的胸襟和气象，又坚持自我民族的文化根基和内在精神的发扬光大，使不断创新的中国文化精神成为人类精神的重要组成部分。在这个西化了两个世纪的世界，中国的和平崛起需要进一步加大‘中国文化形象’重建的力度。”⑦ 这其中，“不断保持自己民族的根本特性”，与“坚持自我民族的文化根基和内在精神的发扬光大，使不断创新的中国文化精神成为人类精神的重要组成部分”。“进一步加大‘中国文化形象’重建的力度”，即是“保持民族性、体现时代性”的理论阐释。古人云：“苟日新，日日新，又日新”，即是希望文化承传能够不断生发，自我更新，每天都以新鲜的姿态出现，使青春得以永焕光彩。然而，文化艺术并不能等同自然界的优胜劣败，何况文化艺术的优劣更是涉及审美价值判断的问题，所以，也不可乱引斯宾塞式的社会进化论来一概而论。文明是人创造的，也是人来继承延续的，其中有主观能动的参与，有“人类创造自己历史”的因素在，与自然界无意识状态的“优胜劣败”、“适者生存”不同。尤其是文化艺术，是人类精神提升，超越动物原始性的伟大飞跃，用“弱肉强食”的丛林法则来看待文化艺术，则是荒谬的。上世纪50年代至80年代初的三十多年里，中国封建社会“成教化，助人伦”的人文理念与一种引进的苏式现实主义模式相结合，在革命的意识形态推动下，使中国艺术在广泛的领域内几乎完全成为政治话语的婢女与工具，以至于具有传统民族特色的书画艺术都在强大的政治性社会性话语中，成为简单性的政治“传声筒”。这无疑一方面使政治妖魔化，另一方面则使艺术俗庸化，这是有违艺术规律的。回顾1979年10月，邓小平在四届文代会上的祝辞的发表无疑使当时的思想解放和文艺复兴呈现出勃勃生机。重温邓的祝辞有四点：（一）对“五四”新文学优秀传统的肯定——改革开放、科学民主、自由选择、个性解放、启蒙思想，这些基本精神，至今仍然具有现实意义；（二）邓对“阶级斗争工具论”和“文艺为政治政策服务”错误观点的清理与批判，如今将近三十年，仍掷地有声，振聋发馈；（三）邓指出，要“根据文学艺术的特征和发展规律来办事”，这一点与当今科学发展观有一脉相承的关系；（四）邓将“百花齐放，百家争鸣”方针归结为三层含义，一是创作上，“提倡不同形式和风格的自由发展”，即保证创作主体心灵的自由；二是在理论上，“提倡不同观点和学派的自由讨论”；三是创作的路子要越走越宽，其题材与手法要“日益丰富多彩，敢于创新”。⑧ 胡锦涛同志“十七”大报告中一再号召大家“更加自觉、更加主动地推动文化大发展大繁荣”，并“在中国特色社会主义的伟大实践中进行文化创造”，“让人民共享文化发展成果”，这无疑是新历史时期的“宏大叙事”，那么，如何作好这篇大文章，每一个有文化良知和文化担当精神的文化人，不能不作出自己的回答。

其四，“盛世文化”的支点——“大雅正声”。大时代要有大手笔来画龙点睛。一直以来，风、雅、颂被视为《诗经》的分类法。《毛诗序》中说，“……是以一国之事，系一人之本，谓之风；言无下之事，形四方之风，谓是雅。雅者，正也，言王政之所由废兴也。正有小大，故有小雅焉，大雅焉。颂者，美盛德之形容，以其成功告于神明者也。”关于“大雅正声”之“正”，历来或以时序分正变，或以美刺分正变，都与时代的盛衰相关切。《雅》《颂》因“盛世”的需要应运而生，待到世衰，则要“变风变雅作”了。然而“大雅正声”之“正”，则取正统义，法则义。与后世之“以雅正风”，“以雅正俗”的思想有着本然的源流关系。这是我国“诗”的传统，也是我们文化的“正脉”。对于当代的书画创作而言，我以为，倡导“大雅正声”，“大雅迈俗”，正是时代的史诗精神（“宏大叙事”）和个体自由精神结合，使艺术臻达真、善、美和谐统一的大化之境，是我国书画艺术精神与时俱进的时代要求。应当指出，当代书画创作中出现的“聚墨成形，信笔为体”的笔墨泛滥，是有悖于时代要求，也有违于艺术自律的。所以，在艺术中，“逢盛世而匡天下，遇浊世而绝俗流”，倡导艺术的“正大气象”和对艺术家做人的“正大格局”一样，也应是时代“宏大叙事”重建的有机部分。

以上是本人对于在民族文化复兴大文化背景下重建“宏大叙事”的一些初步思考。以下，我将对陕西省文史研究馆馆长李炳武先生主持策划的《中华文明·陕西迎奥运书画作品》，谈一些看法。

“秦中自古帝王州”。西安乃13朝古都，是与罗马、雅典、开罗并称为“世界四大古都”的文化名城。它承载了三千年的风雨桑田，拥有丰厚的文化积存，古典而传奇，威严大气而又充满活力与生机。走进陕西，有如走进中国古代文明的历史。在三秦大地上，已昭然于世的或依然深藏地下的珍贵文物，其数量之多，品次之高，文物点密度之大，均列全国之最。诸如炎黄子孙对中华民族始祖尊崇和祭拜的轩辕黄帝陵和神农祠，被称为“世界八大奇迹”之一的秦兵马俑，代表着中国本土宗教的圣地八仙庵和楼观台，荟萃着大量书法碑刻号称世界最大的“石书库”的西安碑林，曲藏有大量国家珍贵文物的陕西省历史博物馆，还有大雁塔、华山、太白山、终南山等等。历史人物不单有黄帝、秦始皇、汉高祖、唐太宗，也有造字的仓颉，记史的司马迁，铺展“丝绸之路”的张骞，还有李白、杜甫、白居易、张旭、欧阳询、虞世南、褚遂良、薛稷、怀素、于右任……不胜枚举。然而，远去皇权的大地最不可缺少的是永远的豪迈与激情，“雄浑黄土地，执著西北风”，黄土高坡上的信天游行吟着粗犷与浪漫，苍凉幽怨的秦腔嘶哑着大唐的气派与辉煌。君不见，黄河之水天上来，流淌着华夏文明的源远，壶口瀑布的奔腾，伴随着陕北腰鼓的飞扬。这确乎是一块神奇的土地，三千万三秦儿女正以辛勤的汗水谱写着时代的华彩乐章。陕西又是一个文化大省，有着丰富的人文资源。此次由陕西省文史馆组织的208位书画家，可谓冠盖云集，名家荟萃。由他们倾心创作的290幅书画作品，用以向全人类宣示中华文明，让世界了解中国与中华文化，实在是一个壮举。近300件作品皆是宏幅巨制，山水、花鸟、人物、书法，林林总总，浩浩汤汤，是一次多方位的展示与陈述，也是一次多侧面的观照和审视。展示和陈述会使我们窥见众多艺术家文化心灵的丰赡与博大；观照和审视又使我们不仅饱饫自然风光、人文风情，更能引领我们去钩沉一个远久的历史段落，去领略一片精彩的人文风景。

文化是社会的定力。艺术则是文化的亮点。文化人只有凝聚才能向社会向人类发力。北京2008奥运会，是中国人一百年的梦想，一百年的向往。这次集体艺术行为，毋宁是求和谐、和合、合而不同的中华文化与勇猛精进顽强拼搏的奥运文化的一次精神邂逅。陕西书画群体以这样一种心灵的仪式向奥运致敬，尤显得独特而又耐人寻味。她将由一个文化事实凝定成为一个文化史实，铭刻在人们的记忆深处。同样，她作为一种文化样相，也是重建社会主义先进艺术文化的“宏大叙事”的一次成功尝试，其精神辐射力将穿越时空，穿越文化差异的屏障，从而成为人类共享的精神财富。

写于长安万庐

2008年4月17日

注释：

①让－弗·利奥塔《后现代状态：关于知识的报告》，见王岳川，尚水编《后现代主义文化与美学》，北京大学出版社，1992年版

②同①

③参阅周宪《现代性的张力》，首都师范大学出版社，2001年版

④参阅《展望21世纪——汤因比与池田大作对话录》，国际文化出版公司，1985年版，p76

⑤参阅胡锦涛《高举中国特色社会主义伟大旗帜为夺取全面建设小康社会新胜利而奋斗》，人民出版社，2007年10月版

⑥同⑤

⑦王岳川语，见《潜心学术的东方思想大家》

⑧参阅《邓小平文选》（1975—1982年），p179—186

目录

长安书画艺术界的伟大壮举 李炳武
春日里的中华精神家园 萧云儒
书法故乡 墨舞和风 钟明善
重建“宏大叙事”的一次尝试 吴振锋

锦绣中华（山水卷）

地球之巅 李清逸 / 003
苍茫昆仑 张 立 / 004
丝路明珠 张介宇 / 005
春风吹渡玉门关 梁 耘 / 006
丹巴雄风 苗重安 / 007
天山牧歌 尚申三 / 008
祁连春雨 王榆生 / 009
祁连山下 王榆生 / 010
塞上名胜 景德庆 / 011
黄土秋韵 严 肃 / 012
杨家沟之夏 赵振川 / 013
生命无声 梁 耘 / 014
黄河颂 戴 畅 / 015
壶口惊涛 谢长安 / 016
龙门古渡 王 鹰 / 017
鹳雀楼 张建文 / 018
太行浩气 袁大信 / 019
泰山雄姿 王延年 / 020
嵩山少林寺 陈长林 / 021
秦岭山居 王履祥 / 022
华岳雄姿柱天地 马 良 / 023
终南荫岭秀 戴希斌 / 024
太白积雪图 严明星 / 025
终南太平峪 李秦龙 / 026
太白神韵图 严明星 / 027
秦岭春色 魏 伟 / 028
山高林为峰 杨建兮 / 029
西部牧歌 宋亚平 / 030
峨嵋清音 刘长江 / 031
巴山幽居 李玉田 / 032
瀛湖之春 方鄂秦 / 033
松柏有雅致 赵晓荣 / 034
山野人家 陈 宏 / 035
衡山云海 宋亚平 / 036
湘西老屋 肖力伟 / 037
武当洞天 惠 维 / 038
东方崛起 张介宇 / 039
茅屋隐壁炊烟起 王 艾 / 040
春雨忽来大江东 范 华 / 041
千岛湖上白云飞 陈国勇 / 042
黄山松涛 范长安 / 043
黄山云松 王保安 / 044
江南风光 惠 维 / 045
桂林山水 陈长林 / 046
南国渔歌 孙文忠 / 047

和谐中华（人物卷）

龙的传人 郑培熙 / 051
周公制礼 蔡昌林 / 052
老子出关 胡明军 / 053
秦皇一统 雒建安 / 054
张骞出使 李白颖 / 055
历史巨著 王 鹰 / 056
文仙豪风 王 鹰 / 057

苏武牧羊 张炳文 / 058
昭君出塞 田 婕 / 059
诸葛挥泪斩马谡 郭全忠 / 060
武 圣 高民生 / 061
祖冲之小像 赵云雁 / 062
玄奘西行 陈忠志 / 063
面壁图 杨晓阳 / 064
千手千眼观音 张小琴 / 065
普贤菩萨 张小琴 / 066
文殊菩萨 张小琴 / 067
鉴真东渡 马振西 / 068
千秋良缘 顾长平 / 069
盛唐马球图 袁 方 / 070
雅集踏青图 田 婕 / 071
大唐清平乐 张小琴 / 072
诗仙李白 高松岩 / 073
诗圣杜甫 耿 建 / 074
苏轼问月 马 良 / 075
毕升造像 马建博 / 076
浩然正气 张晓健 / 077
李时珍秋山觅药图 赵云雁 / 078
轻摇团扇捕流光 萧李蕾 / 079
将军令 李 娜 / 080
中华之光 艾红旭 / 081
同欢共乐 刘文西 / 082
人民领袖 杨佳焕 / 083
曙 光 师 寻 / 084
和平使者 王 鹰 / 085
一位老人 陈忠志 / 086
人民的重托 王西京 / 087
总书记和老红军 师 寻 / 088
天地对话 王 鹰 / 089
叼羊图 姬国强 / 090
青天一片云 杨光利 / 091
读 王有政 / 092
长安新春 王炎林 / 093
边城玉质随月满 乔玉川 / 094
维族少女 王金如 / 095
回族少女 程连凯 / 096
新绿展风 罗 宁 / 097
秦之声 马振西 / 098
牛 倌 周起翔 / 099
村 口 李 娜 / 100
长安雅集曲水流觞 王 鹰 / 101

繁荣中华（花鸟卷）

腊梅迎春 郭银峰 / 105
春雪图 江文湛 / 106
春 喧 翟荣强 / 107
高 品 朱 路 / 108
春风一曲话故情 萧 焕 / 109
香冷隔尘埃 蔡小枫 / 110
油菜花香飘万里 李 敏 / 111
沐 春 罗金保 / 112
春 韵 吴佑国 / 113
藤花之下 劳 石 / 114
南山之春 马保林 / 115
霜雪丛中春意浓 王广香 / 116
旺狗送财 谢 辉 / 117
四季如春 罗国士 / 118
乐在其中 张天德 / 119
富贵平安 宋亚平 / 120

兰花图 刘培民 / 121
一唱雄鸡天下白 邹宗绪 / 122
黄河滩头 韩 莉 / 123
百年好合 思 秦 / 124
山丹丹花开 杨 梵 / 125
风 情 张 臻 / 126
耄耋高寿 宋郯莲 / 127
锦上添花 王金如 / 128
春到乾坤尽祥气 赵瑞安 / 129
高 歌 墨 隆 / 130
工笔白菜 王金如 / 131
映山花红十里香 樊昌哲 / 132
玉树临风 严学良 / 133
独领艳色冠群芳 谭光耀 / 134
高秋野趣图 郝 光 / 135
朱鹮戏水 严 肃 / 136
盛 荷 刘文西 / 137
朱鹮四季景 巢 贞 / 138
蜻蜓点白荷 石 丹 / 139
旭日照鹭石 范炳南 / 140
五谷丰登 李凤兰 / 141
珠光玉颜 胡西铭 / 142
丝绪萦怀 卫俊贤 / 143
榴红图 苗 墨 / 144
珠玑满腹 骆孝敏 / 145
戈壁之舟 陈 默 / 146
留得葫芦赏秋色 姜敬问 / 147
硕 果 高 尔 / 148
朝阳骏马 尚申三 / 149
国色天香 吴佑国 / 150
竹报平安 孙 杰 / 151
群 英 会 王学曾 / 152
忠诚的朋友 吴佑国 / 153
松鹤延年 李清逸 / 154
群英际会 田东海 / 155
五虎图 汪海江 / 156
壮志凌云 王忠义 / 157
上山虎 温鸿源 / 158
岁寒三友 郭钧西 / 159

文明中华（书法卷）

楷书史记・黄帝本纪 任步武 / 163
摹仓颉庙文字 王延年 / 164
篆书尚书・尧典 万佩升 / 165
行书诗经・周南关雎 杨智忠 / 166
篆书周易・乾坤卦象辞 钟明善 / 167
行书礼记・中庸 屈增民 / 168
隶书国语・单穆公谏景王铸大钟 李敬寅 / 169
行书老子・道德经 郑三著 / 170
楷书论语・学而篇 雷珍民 / 171
篆书孙子兵法・谋攻篇 路毓贤 / 172
行书战国策・唐雎不辱使命 费秉勋 / 173
隶书孟子・告子下 叶炳喜 / 174
行书孝经・开宗明义篇 常 斌 / 175
行书庄子・逍遥游 邹宗绪 / 176
篆书荀子・劝学篇 温友言 / 177
行书韩非子・孤愤篇 刘平继邦 / 178
篆书楚辞・离骚 高 峡 / 179
行书李斯・谏逐客书 张保庆 / 180
篆书汉高祖・大风歌 崔宝堂 / 181
行书史游・急就章 王 蒙 / 182
篆书史记・太史公自序 李 梅 / 183

行书班固·西都赋 贾平凹 / 184
行书汉乐府·长歌行 李成海 / 185
隶书曹操·龟虽寿 李艳秋 / 186
草书曹丕·典论 郑玄真 / 187
楷书曹植·洛神赋 田集民 / 188
行书诸葛亮·出师表 吴振锋 / 189
行书陆机·文赋 陈忠实 / 190
草书王羲之·兰亭序 陈天民 / 191
隶书陶渊明·饮酒 陈云龙 / 192
行书刘勰·文心雕龙 杨稳新 / 193
隶书钟嵘·诗品 李 圯 / 194
草书唐太宗·赐萧瑀 茹 桂 / 195
楷书唐太宗·帝京篇 罗坤学 / 196
行书魏征·十思疏 骞国政 / 197
草书王勃·杜少府之任蜀州 薛 铸 / 198
隶书刘知几·史通句 王定成 / 199
魏碑李白·将进酒 田东海 / 200
篆书李白·七绝五首 王千里 / 201
行书王维·山居秋暝 赵居阳 / 202
隶书徐寅·雁塔题名怀古 张范九 / 203
隶书杜甫·春夜喜雨 刘培民 / 204
魏碑白居易·卖炭翁 杜耀志 / 205
篆书韩愈·示侄诗 李克昌 / 206
行书韩愈·马说 张三星 / 207
行书李商隐·无题 魏 良 / 208
行书杜牧·阿房宫赋 白云腾 / 209
草书苏轼·赤壁怀古 申甫君 / 210
行书司马光·训俭示康 王改民 / 211
篆书李清照·重九 王崇人 / 212
行书陆游·书愤 薛 凡 / 213
草书朱熹·观书有感 王天任 / 214
楷书朱熹·治家格言 徐福庵 / 215
草书辛弃疾·破阵子 郝晓明 / 216
行书辛弃疾·西江月 贾海燕 / 217
草书岳飞·满江红 张 魁 / 218
行书文天祥·正气歌 韩银祥 / 219
篆书张养浩·山坡羊 缪喜庆 / 220
篆书马致远·天净沙 邱宗康 / 221
行书杨慎·临江仙 胡树群 / 222
行书郑板桥·竹石诗 赵大山 / 223
行书曹雪芹·红楼梦诗 薛养贤 / 224
行书林则徐·口占示家人 程岭梅 / 225
行书龚自珍·已亥杂诗 张化洲 / 226
行书康有为·广艺舟双楫 石瑞芳 / 227
楷书谭嗣同·狱中题壁 王依仁 / 228
行书孙中山·总理遗嘱 李杰民 / 229
行书秋瑾·日人索句 余少君 / 230
草书王国维·人间词话 张红春 / 231
草书于右任·望大陆 刘 超 / 232
行书鲁迅·自题小像 余明伦 / 233
行书毛泽东·沁园春·雪 吴三大 / 234
行书邓小平语录 萧云儒 / 235
行书江泽民·三个代表 杜中信 / 236
行书胡锦涛·八荣八耻 曹伯庸 / 237
楷书胡锦涛·科学发展观 庞任隆 / 238
行书文怀沙·长安雅集赞 赵学敏 / 239

附录：
作者简介
长安雅集（感业文化杯）书画大奖赛获奖名单
《长安雅集·盛世盛典》手卷

中华文明·陕西迎奥运书画作品

長安雅集

ZHONGHUAWENMING · SHAANXIYINGAOYUNSHUHUAZUOPIN

锦绣中華

【山水卷】

从喜玛拉雅山的《地球之巅》
经三山五岳到《南国渔歌》
全面展现中华大地『崇山怀万有
群水汇海流』的壮观气势

地球之巅　400cm×180cm　李清逸

苍茫昆仑 400cm×180cm 张立

丝路明珠 400cm×180cm 张介宇

春风吹渡玉门关　400cm×180cm　梁耘

丹巴雄风　68cm×68cm　苗重安

天山牧歌
180cm×97cm
尚申三

祁连春雨

180cm×97cm

王榆生

祁连山下
180cm×97cm
王榆生

塞上名胜
180cm×97cm
景德庆

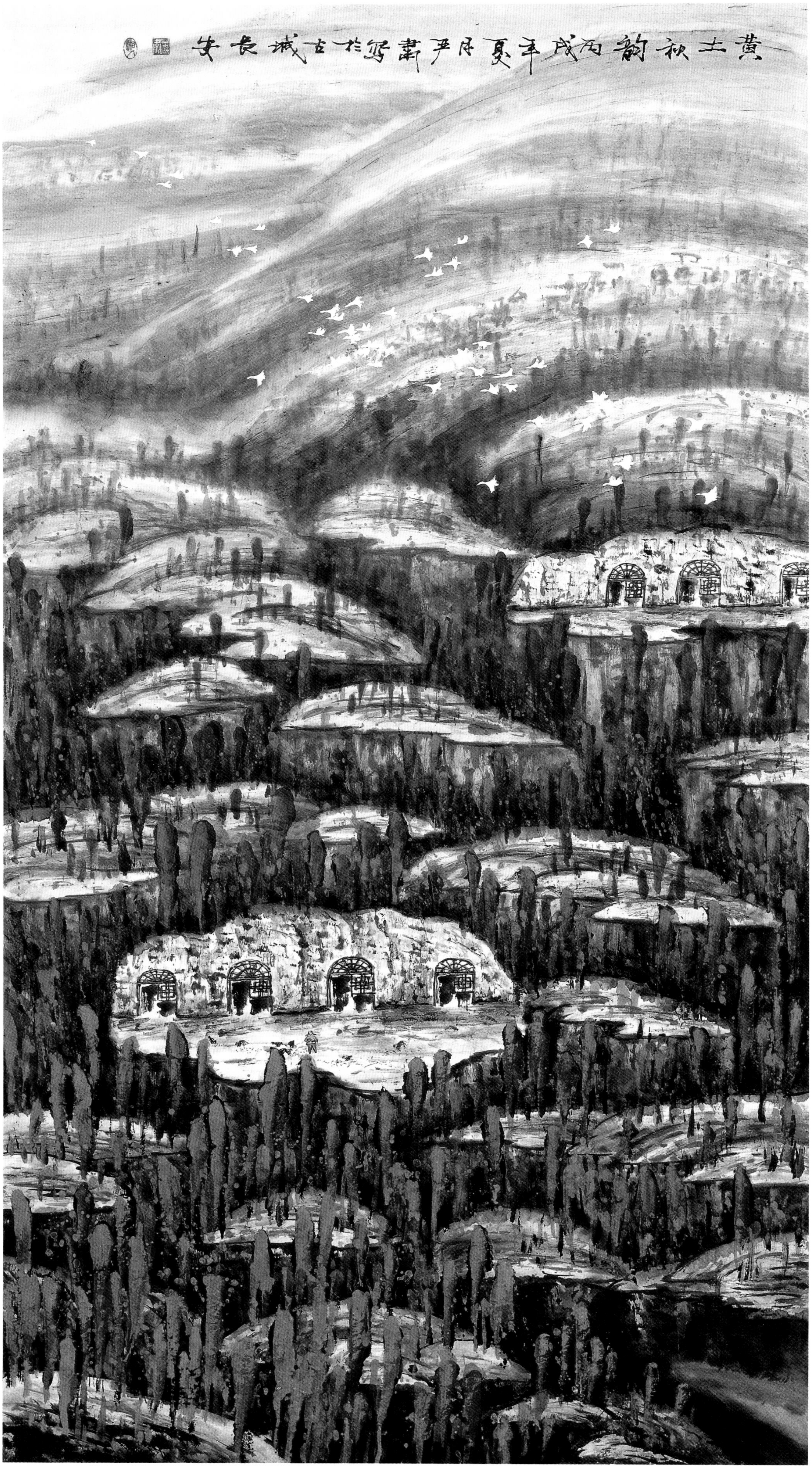
黄土秋韵丙戌年夏月严肃写于古城长安

黄土秋韵
180cm×97cm
严肃

杨家沟之夏 176cm×135cm 赵振川

生命无声
180cm×97cm
梁耘

黄河颂
180cm×97cm
戴畅

壶口惊涛 500cm×180cm 谢长安

龙门古渡
180cm×97cm
王鹰

鹤雀楼
180cm×97cm
张建文

太行浩气
180cm×97cm
袁大信

泰山雄姿 180cm×97cm×3 王延年

嵩山少林寺
少林寺位于河南登封县，建于北魏太和十九年（公元四九五年），是中国佛教禅宗的发源地。因少林和尚辅佐唐太宗开国有功，从此僧徒常习拳术，以少林功夫闻名天下
丙戌年夏陈长林画于古都西安
少林寺

嵩山少林寺

180cm×97cm

陈长林

秦岭山居

180cm×97cm

王履祥

華嶽雄姿柱天地九洲開放萬象新
通信西省文史研究館錦繍河山卷
寫此丙戌孟夏時清風堂主紹忠馬良
昔年六登太華懷古海淵佈长英

华岳雄姿柱天地
180cm×97cm
马良

23

终南荫岭秀

180cm×97cm

戴希斌

太白积雪图
180cm×97cm
严明星

终南太平峪
180cm×97cm
李秦龙

太白神韵图 180cm×97cm×4 严明星

秦岭春色
180cm×97cm
魏伟

山高林为峰
180cm×97cm
杨建兮

西部牧歌
180cm×97cm
宋亚平

峨嵋清音
180cm×97cm
刘长江

巴山幽居
180cm×97cm
李玉田

瀛湖之春
180cm×67cm
方鄂秦

松柏有雅致
180cm×97cm
赵晓荣

山野人家
180cm×97cm
陈宏

衡山云海

180cm×97cm

宋亚平

湘西老屋
180cm×97cm
肖力伟

武当洞天
180cm×97cm
惠维

东方崛起 400cm×180cm 张介宇

茅屋隐壁炊烟起
180cm×97cm
王艾

春雨忽来大江东

180cm×97cm

范华

千岛湖上白云飞
180cm×97cm
陈国勇

黄山松涛

180cm×97cm

范长安

黄山云松

180cm×97cm

王保安

江南风光
180cm×97cm
惠维

桂林山水 180cm×97cm×3 陈长林

南国渔歌　180cm×97cm×3　孙文忠

中华文明·陕西迎奥运书画作品

長安雅集

ZHONGHUAWENMING · SHAANXIYINGAOYUNSHUHUAZUOPIN

和谐中華

【人物卷】

从远古时期《龙的传人》
经周秦汉唐到当今盛世的《天地对话》
全面展现中华民族前仆后继
艰苦奋斗的创造精神

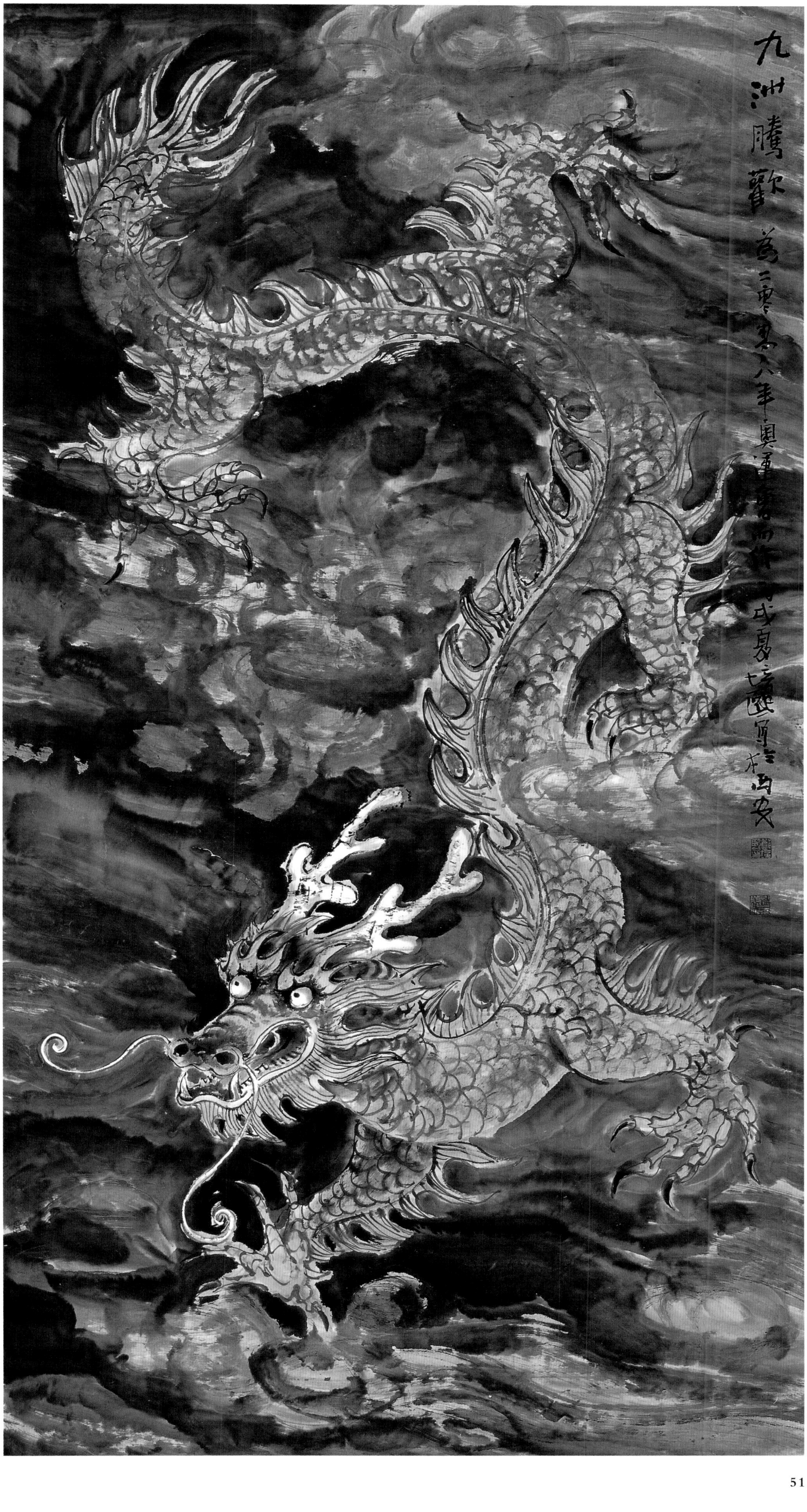

龙的传人
180cm×97cm
郑培熙

周公制禮
毛公鼎 周宣王時器
清道光末年出土于陝西岐山歷盡滄桑現藏臺北故宮博物院器腹內有大篆銘文四百九十七字爲我國出土西周銅器銘文字數之最被譽爲清代四大國寶之一銘文記載周王對毛公厝的策命辭形象地體現了西周禮樂制度而此禮制系西周王朝建立之初由周公姬旦定制以親親尊尊爲基本指導思想大到國家典章制度小到個人行爲準則都有規範是等級制度的產物體現了人本主義的宗法觀念勤樸古健果義敢爲居安思危善始善終成爲周人的優秀品德中華禮儀之邦由此肇始丙戌夏昌林重繪并記于陝西歷史博物館尋源齋

周公制礼
180cm×97cm
蔡昌林

老子出关
180cm×97cm
胡明军

秦皇一统 180cm×97cm×2 雒建安

张骞出使 180cm×97cm×2 李白颖

历史巨著 180cm×97cm×2 王鹰

文仙豪风 150cm×96cm 王鹰

苏武牧羊 180cm×97cm×2 张炳文

昭君出塞
180cm×97cm
田婕

诸葛挥泪斩马谡
180cm×97cm
郭全忠

武圣
217cm×123cm
高民生

祖冲之小像

180cm×97cm

赵云雁

玄奘西行
150cm×95cm
陈忠志

面壁图
180cm×97cm
杨晓阳

千手千眼观音　235cm×180cm　张小琴

普贤菩萨

180cm×97cm

张小琴

文殊菩萨
180cm×97cm
张小琴

鉴真东渡
180cm×97cm
马振西

千秋良缘　180cm×97cm×2　顾长平

盛唐马球图 180cm×97cm×3 袁方

雅集踏青图　380cm×240cm　田婕

大唐清平乐　180cm×97cm×2　张小琴

花間一壺酒獨酌無相親舉杯邀明月對影成三人月既不解飲影徒隨我身
暫伴月將影行樂須及春我歌月徘徊我舞影零亂醒時同交歡醉後各分散
永結無情遊相期邈雲漢
寫酒仙詩聖李白花下獨酌詩丁亥中秋古都長安
松岩

诗仙李白
180cm×97cm
高松岩

诗圣杜甫
180cm×97cm
耿建

明月幾時有 把酒問青天 不知天上宮闕 今夕是何年 我欲乘風
歸去 又恐瓊樓玉宇 高處不勝寒 起舞弄清影 何似在人間
轉朱閣 低綺戶 照無眠 不應有恨 何事長向別時圓 人有悲歡
離合 月有陰晴圓缺 此事古難全 但願人長久 千里共嬋娟

苏轼问月

180cm×97cm

马良

毕升造像
180cm×97cm
马建博

文天祥 正气歌

天地有正气　杂然赋流形　下则为河
嶽　上则为日星　于人曰浩然　沛乎塞苍冥
皇路当清夷　含和吐明庭　时穷节乃现
一一垂丹青　在齐太史简　在晋董狐笔
在秦张良椎　在汉苏武节　为严将军头　为嵇侍中血
为张睢阳齿　为颜常山舌
或为辽东帽　清操厉冰雪　或为出师表　鬼神泣壮烈　或为渡江楫　慷慨吞胡羯
或为击贼笏　逆竖头破裂　是气所磅礴　凛烈万古存　当其贯日月　晓健写

浩然正气
180cm×97cm
张晓健

李时珍秋山觅药图

180cm×97cm

赵云雁

轻摇团扇捕流光
180cm×97cm
萧李蕾

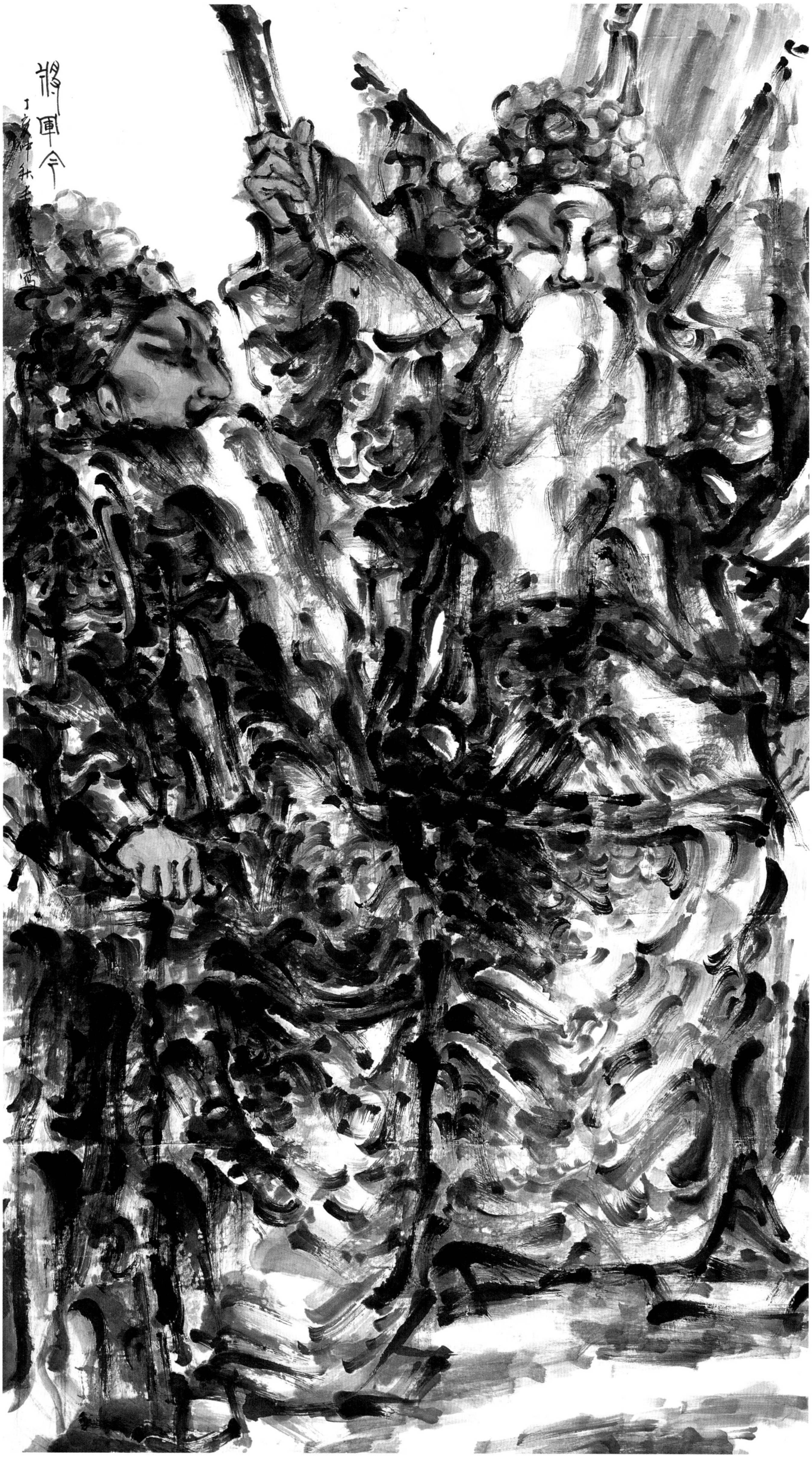

将军令

180cm×97cm

李娜

余致力國民革命凡四十年其目的在求中國之自由平等積四十年之經驗深知欲達到此目的必須喚起民
衆及聯合世界上以平等待我之民族共同奮鬥現在革命尚未成功凡我同志務須依照余所著建國方略建
國大綱三民主義及第一次全國代表大會宣言繼續努力以求貫澈最近主張開國民會議及廢除不平等條
約尤須於最短期間促其實現是所至囑
——總理遺囑
两千零陆年仲夏於古长安红旭謹繪

中华之光
180cm×97cm
艾红旭

同欢共乐　100cm×130cm　刘文西

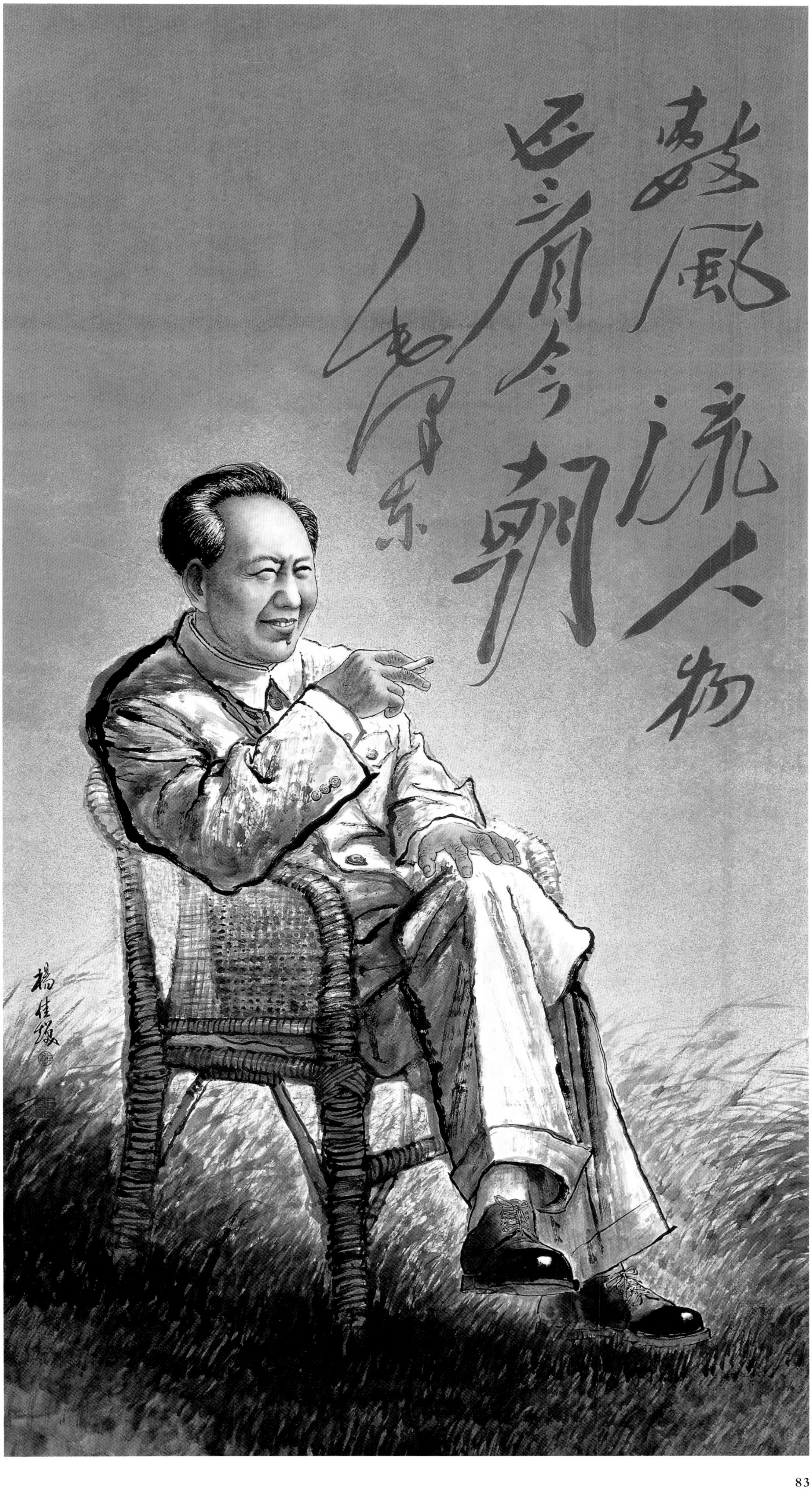
数风流人物
还看今朝
毛泽东
杨佳焕

人民领袖
180cm×97cm
杨佳焕

曙光 205cm×202cm 师寻

和平使者　140cm×96cm　王鹰

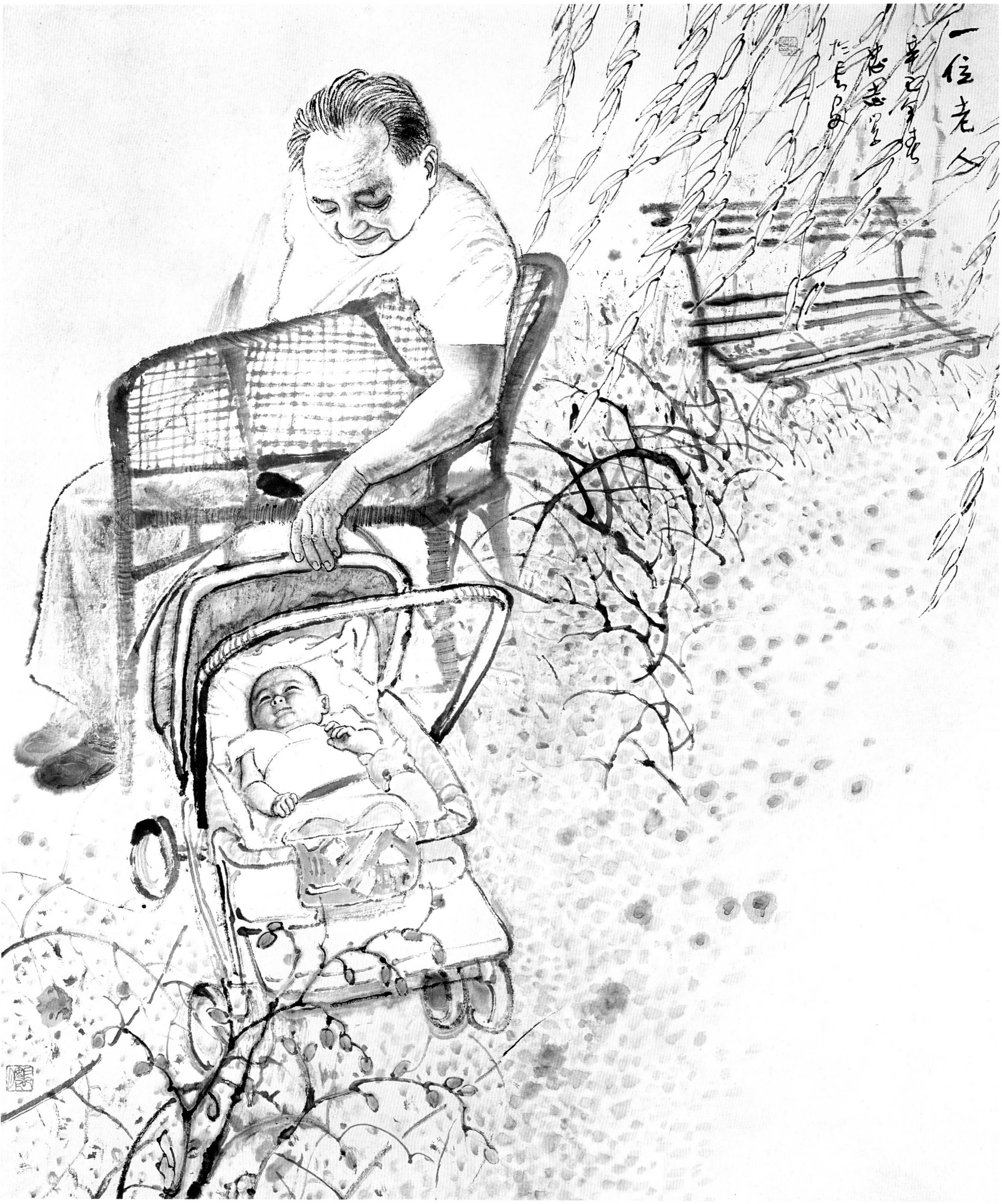

一位老人　132cm×106cm　陈忠志

人民的重托 116cm×246cm 王西京

总书记和老红军 205cm×202cm 师寻

天地对话 205cm×142cm 王鹰

叼羊图 180cm×97cm×4 姬国强

青天一片云
180cm×97cm
杨光利

读　176cm×135cm　王有政

长安新春
180cm×97cm
王炎林

边城玉质随月满　158cm×96cm　乔玉川

维族少女
180cm×97cm
王金如

回族少女
180cm×97cm
程连凯

新绿展风
180cm×97cm
罗宁

秦之声

普天之下，又同腔广貌剧，不同腔广貌漠曠遠的，八百裏秦川老一輩能唱小輩也能唱秦腔原本是秦川人鳴地籟人籟俱共時秦川人籟的共被理在黄土炕上死了大苦大樂之反駒生腔是他们大苦中的大樂有了秦腔生活便有了樂趣高興了唱快闊樂闊節節的困之便麽有情都有味當人们拉老牛在田垒裏累到精疲力竭時大喊大叫秦一段秦腔那心胃肺腑閧閧節節的困之便倜兒滌滌蕩净了秦腔與他们是和西凤酒長线辣子大葉捲煙牛肉泡饃一样的為生命的五大要素

長安非爾畫

秦之声
180cm×97cm
马振西

98

牛倌
180cm×97cm
周起翔

村口
180cm×97cm
李 娜

长安雅集曲水流觞 400cm×180cm 王鹰

繁榮中華

【花鸟卷】

从《腊梅迎春》经春夏秋冬
到《岁寒三友》
全面展现中国社会国泰民安
繁荣昌盛的和谐景象

腊梅迎春
180cm×97cm
郭银峰

春雪图
180cm×97cm
江文湛

春喧
180cm×97cm
翟荣强

高品

180cm×97cm

朱路

春风一曲话故情
180cm×97cm
萧焕

香冷隔尘埃
180cm×97cm
蔡小枫

油菜花香飘万里
180cm×97cm
李敏

沐春
180cm×97cm
罗金保

春韵
180cm×97cm
吴佑国

藤花之下

180cm×97cm

劳石

南山之春　180cm×97cm×3　马保林

霜雪丛中春意浓
180cm×97cm
王广香

旺狗送财
180cm×97cm
谢辉

四季如春

180cm×97cm

罗国士

乐在其中
180cm×97cm
张天德

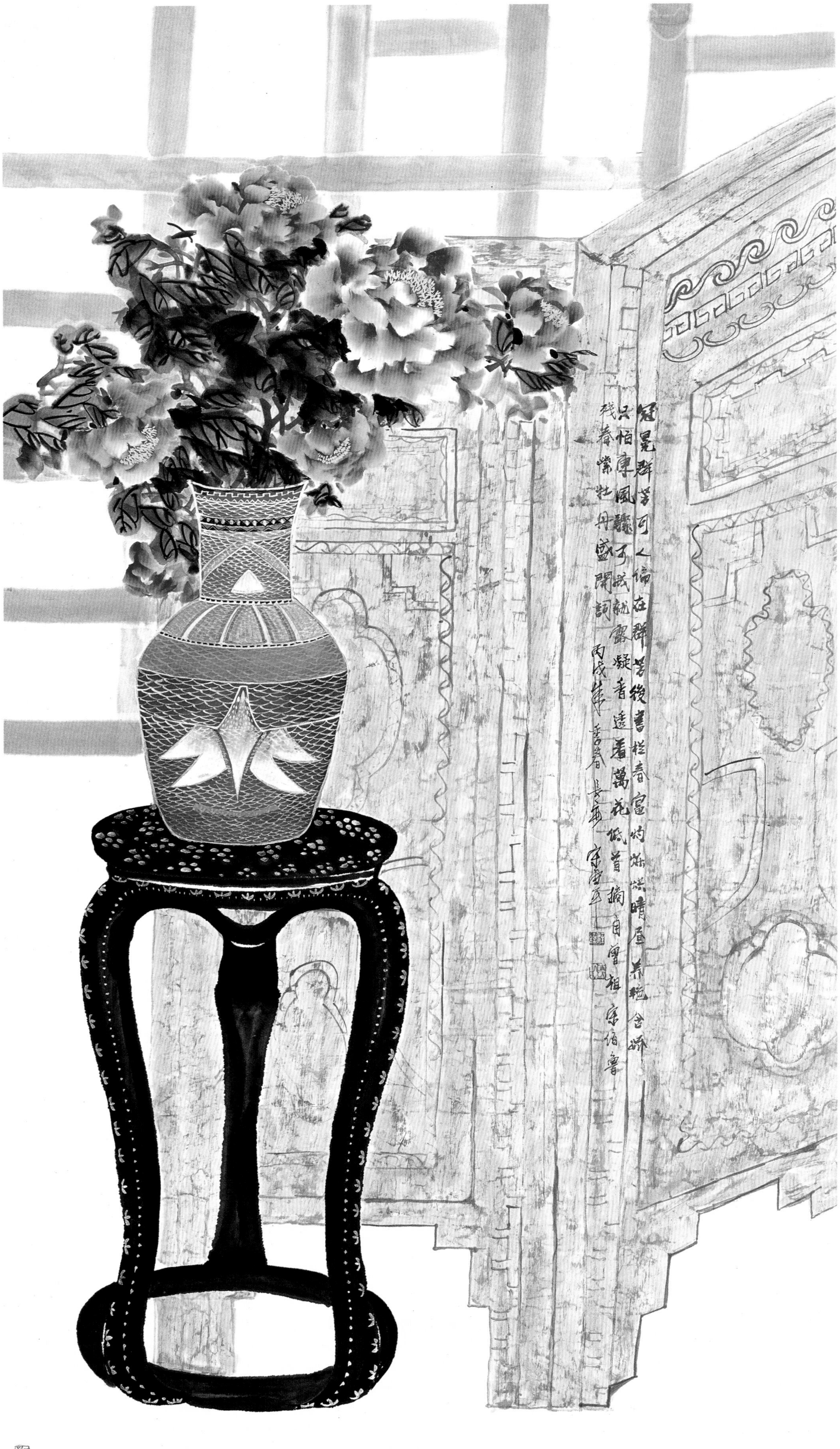

富贵平安
180cm×97cm
宋亚平

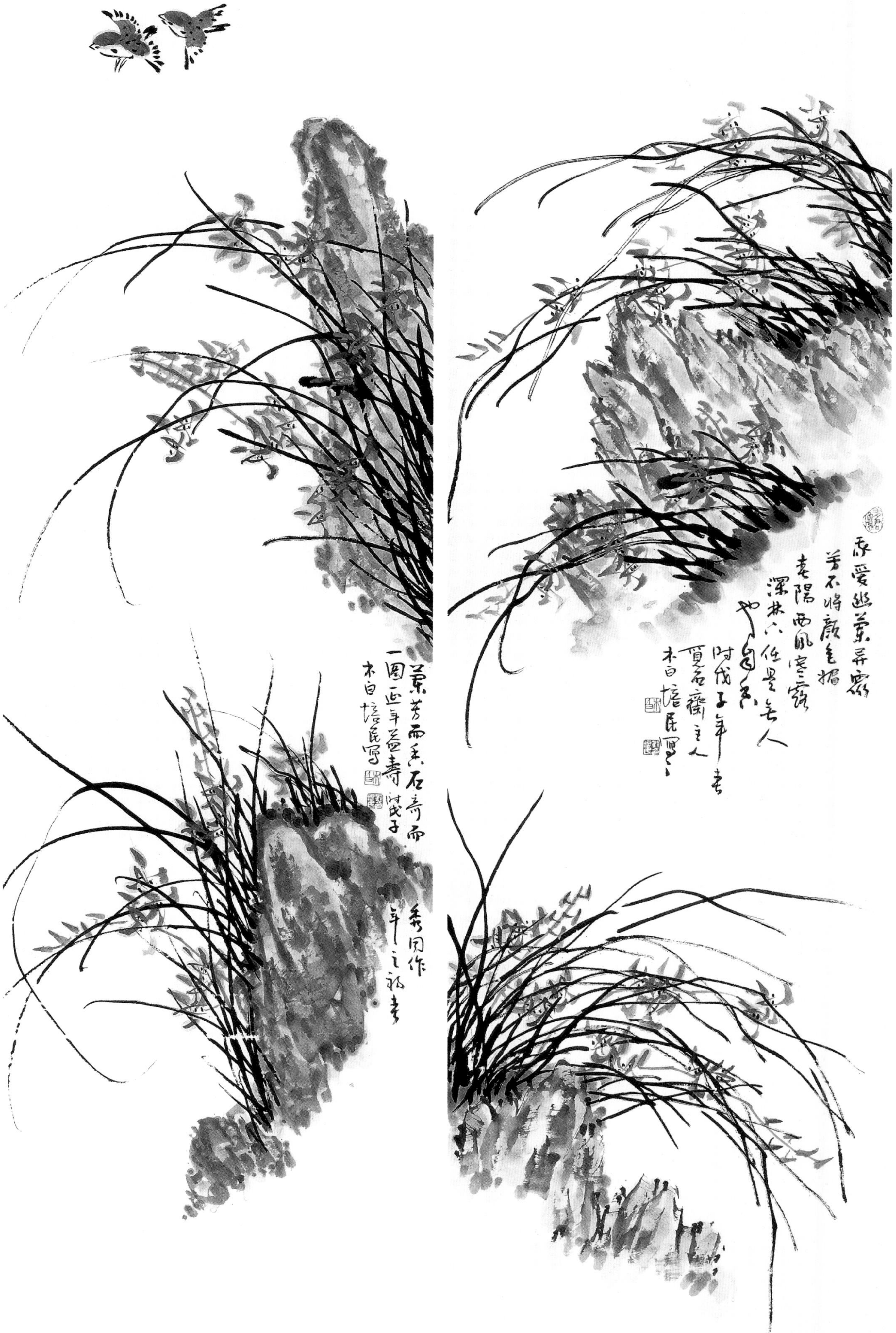

兰花图
180cm×97cm
刘培民

一唱雄鸡天下白
180cm×97cm
邹宗绪

黄河滩头
180cm×97cm
韩莉

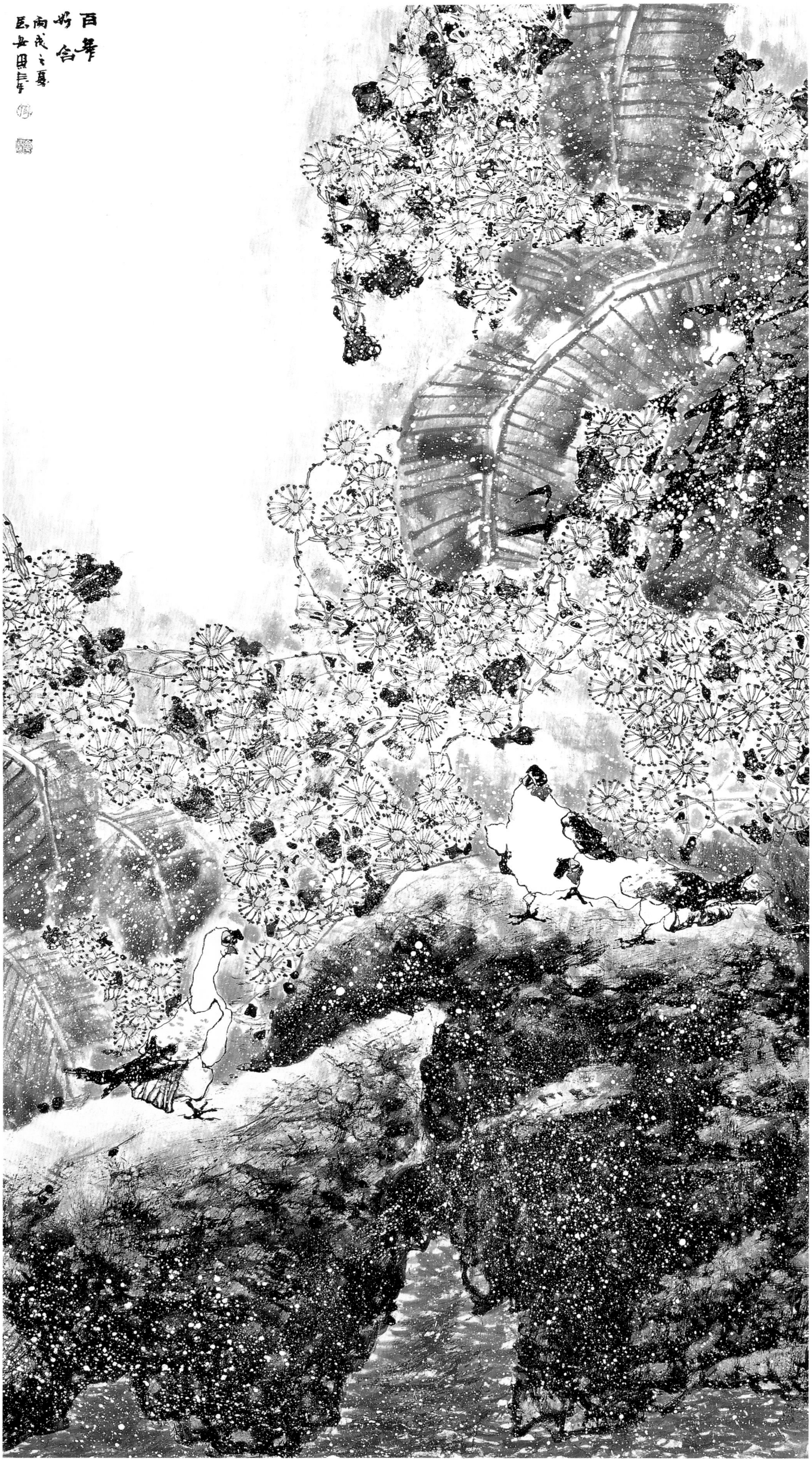

百年好合
180cm×97cm
思秦

山丹丹花开
180cm×97cm
杨梵

风情
180cm×97cm
张臻

耄耋高寿
180cm×97cm
宋郭莲

锦上添花
180cm×97cm
王金如

春到乾坤尽祥气
180cm×97cm
赵瑞安

高歌

180cm×97cm

墨隆

工笔白菜
180cm×97cm
王金如

映山花红十里香
180cm×97cm
樊昌哲

玉树临风
180cm×97cm
严学良

独领艳色冠群芳
180cm×97cm
谭光耀

高秋野趣图
180cm×97cm
郝光

朱鹮 戏水

180cm×97cm

严肃

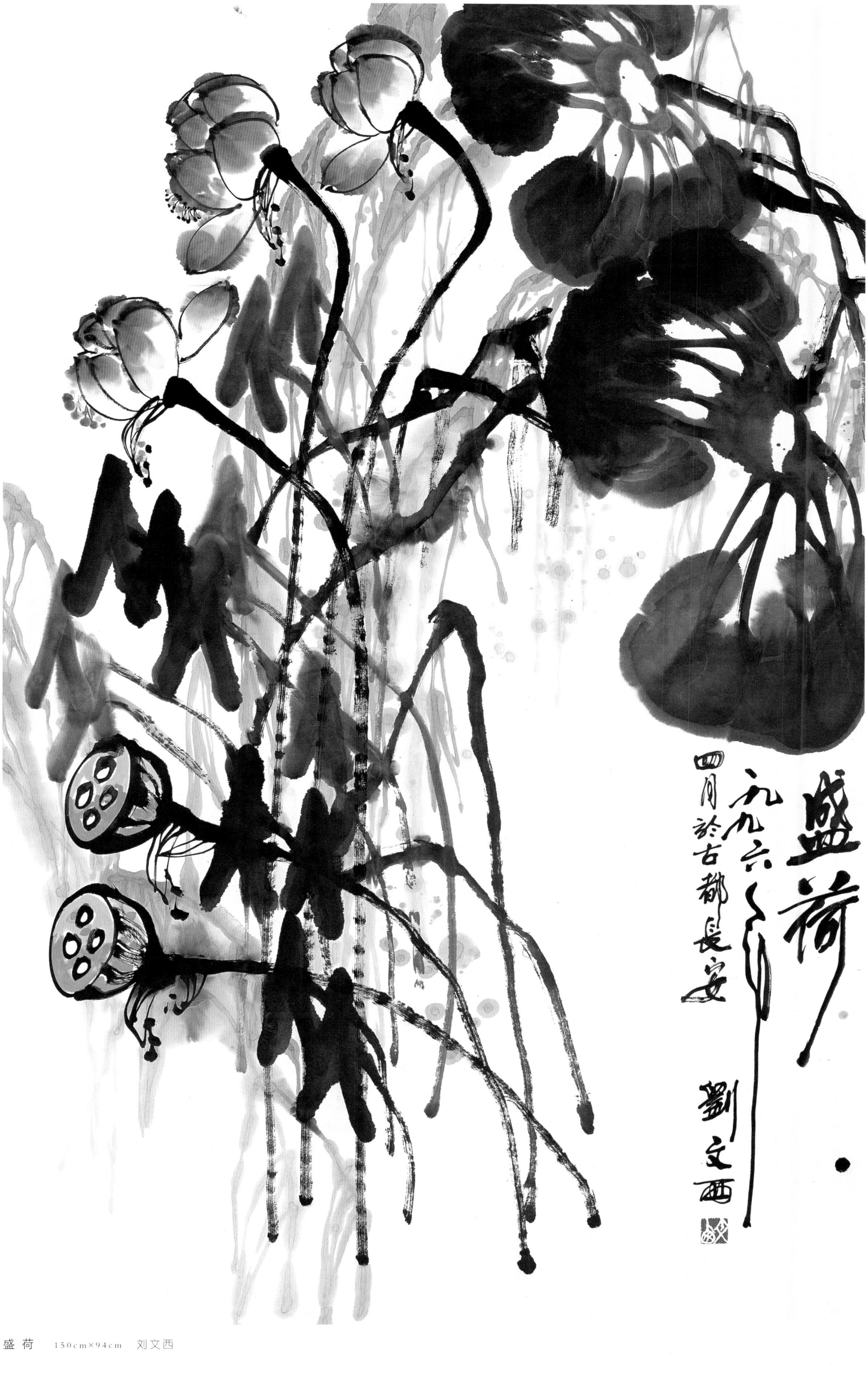

盛荷　150cm×94cm　刘文西

朱鹮四季景　180cm×97cm×4　巢贞

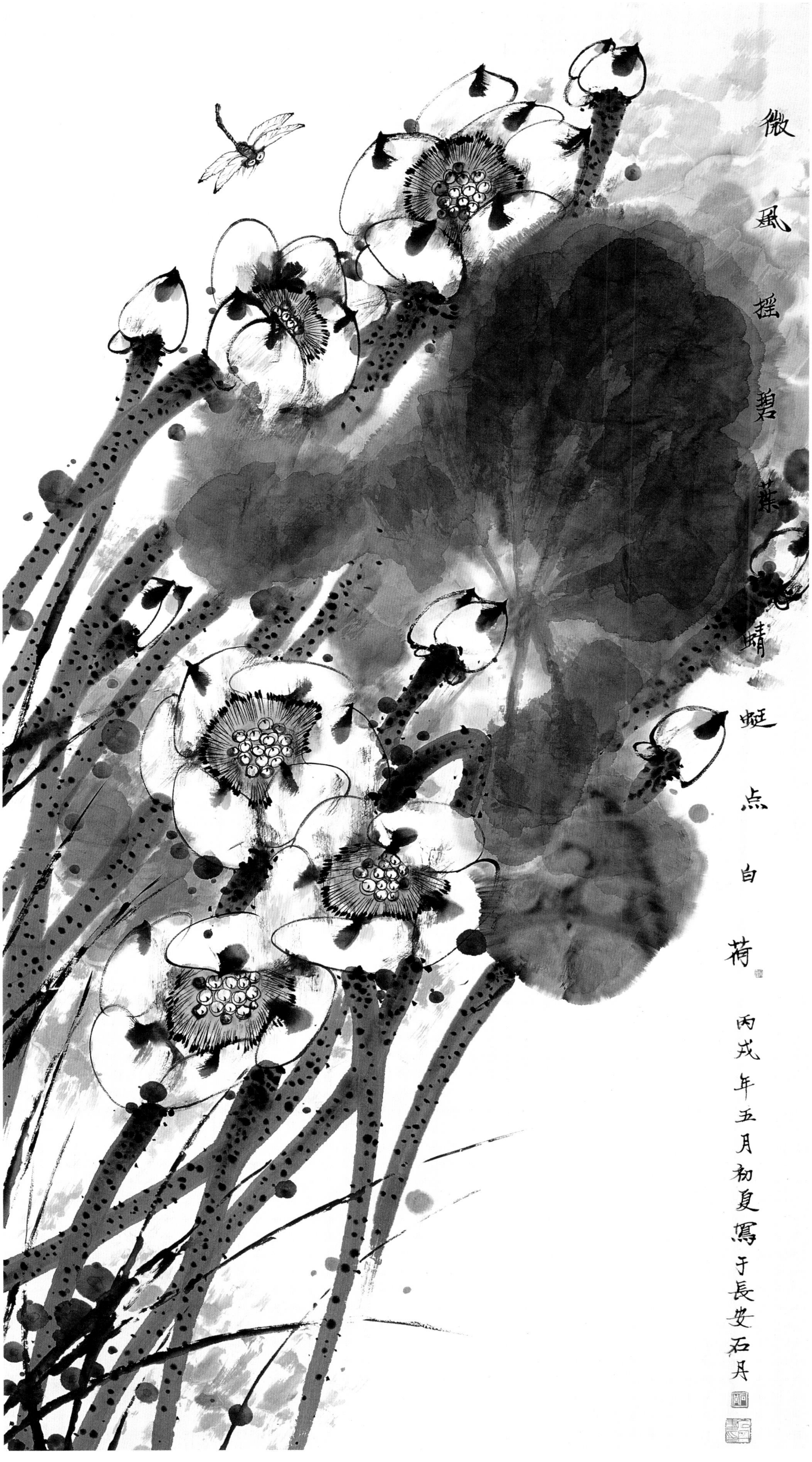
微風摇碧葉蜻蜓点白荷
丙戌年五月初夏寫于長安石丹

蜻蜓点白荷
180cm×97cm
石丹

旭日照鹭石

180cm×97cm

范炳南

五谷丰登
180cm×97cm
李凤兰

珠光玉颜
180cm×97cm
胡西铭

丝绪萦怀
180cm×97cm
卫俊贤

榴红图
180cm×97cm
苗墨

珠玑满腹
180cm×97cm
骆孝敏

戈壁之舟
180cm×97cm
陈默

留得葫芦赏秋色
180cm×97cm
姜敬问

硕果

180cm×97cm

高尔

朝阳骏马
180cm×97cm
尚申三

雲想衣裳花想容春風拂檻露華濃若非羣玉山頭見會向瑤臺月下逢
一枝紅豔露凝香雲雨巫山枉斷腸借問漢宮誰得似可憐飛燕倚新妝
名花傾國兩相歡常得君王帶笑看解釋春風無限恨沉香亭北倚闌干
右錄唐李白清平調一首 寫詞意於古城長安 佑國并記

国色天香

180cm×97cm

吴佑国

竹报平安
180cm×97cm
孙杰

群英会
180cm×97cm
王学曾

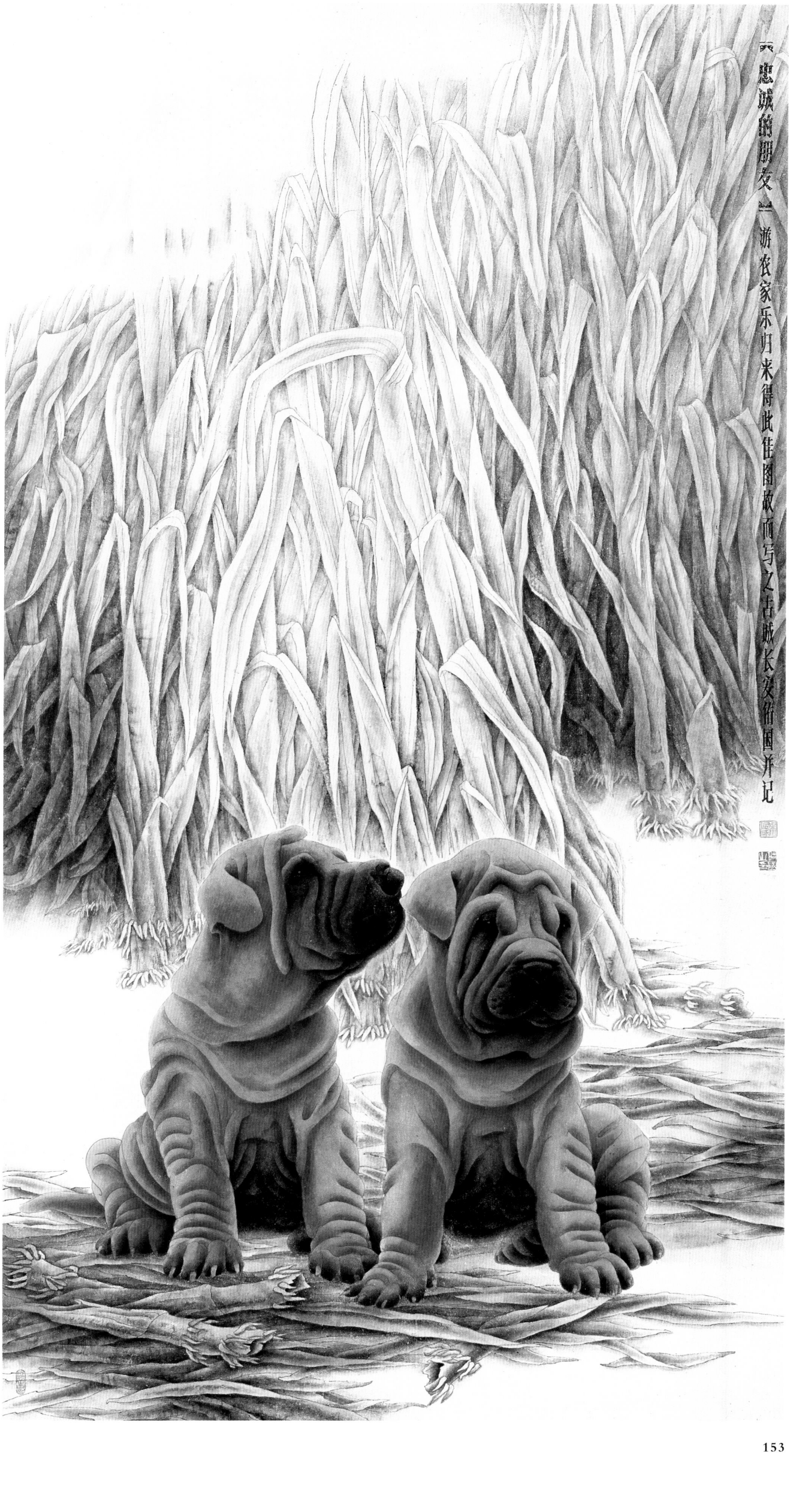
忠诚的朋友
游农家乐归来得此佳图故而写之古城长安佑国并记

忠诚的朋友
180cm×97cm
吴佑国

松鹤延年
180cm×97cm
李清逸

群英际会
180cm×97cm
田东海

五虎图

180cm×97cm

汪海江

壮志凌云
180cm×97cm
王忠义

上山虎
180cm×97cm
温鸿源

岁寒三友
180cm×97cm
郭钧西

中华文明·陕西迎奥运书画作品

長安雅集

ZHONGHUAWENMING · SHAANXIYINGAOYUNSHUHUAZUOPIN

文明中華

【书法卷】

从《黄帝本纪》历老庄孔孟
到《科学发展观》
全面展现中国人民聪明智慧
不断发展的灿烂文明

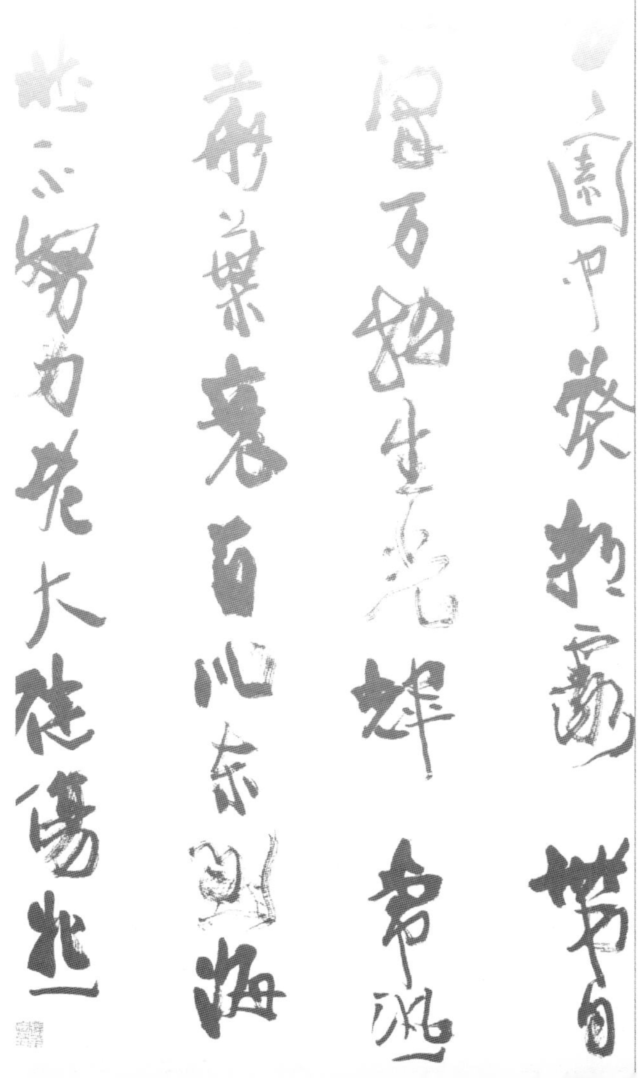

黃帝者少典之子姓公孫名曰軒轅生而神靈弱而能言幼而徇齊長而敦敏成而聰明軒轅之時神農氏世衰諸侯相侵伐暴虐百姓而神農氏弗能征於是軒轅乃習用干戈以征不享諸侯咸來賓從而蚩尤最為暴莫能伐炎帝欲侵陵諸侯諸侯咸歸軒轅軒轅乃修德振兵治五氣藝五種撫萬民度四方教熊羆貔貅貙虎以與炎帝戰於阪泉之野三戰然後得其志蚩尤作亂不用帝命於是黃帝乃征師諸侯與蚩尤戰於涿鹿之野遂禽殺蚩尤而諸侯咸尊軒轅為天子代神農氏是為黃帝天下有不順者黃帝從而征之平者去之披山通道未嘗寧居東至於海登丸山及岱宗西至於崆峒登雞頭南至於江登熊湘北逐葷粥合符釜山而邑於涿鹿之阿遷徙往來無常處以師兵為營衛官名皆以雲命為雲師置左右大監監於萬國萬國和而鬼神山川封禪與為多焉獲寶鼎迎日推策舉風后力牧常先大鴻以治民順天地之紀幽明之占死生之說存亡之難時播百谷草木淳化鳥獸蟲蛾旁羅日月星辰水波土石金玉勞勤心力耳目節用水火材物有土德之瑞故號黃帝黃帝二十五子其得姓者十四人黃帝居軒轅之丘而娶西陵之女是為嫘祖嫘祖為黃帝正妃生二子其後皆有天下其一曰玄囂是為青陽青陽降居江水其二曰昌意降居若水昌意娶蜀山氏女曰昌僕生高陽高陽有聖德焉黃帝崩葬橋山

歲序公元二零零六年中秋以應

陝西省文史館之邀紀念 陝西奔先任步武書於九龍泉畔

楷书史记・黄帝本纪

180cm×97cm

任步武

摹仓颉庙文字
180cm×97cm
王延年

释文 戊己甲乙居首共友所止列世式气光名左互义
家爱赤水尊戈矛斧帚 轩辕黄事史官仓颉倪察仰
视造二十八字乃古沿泽 翰珍王延年书

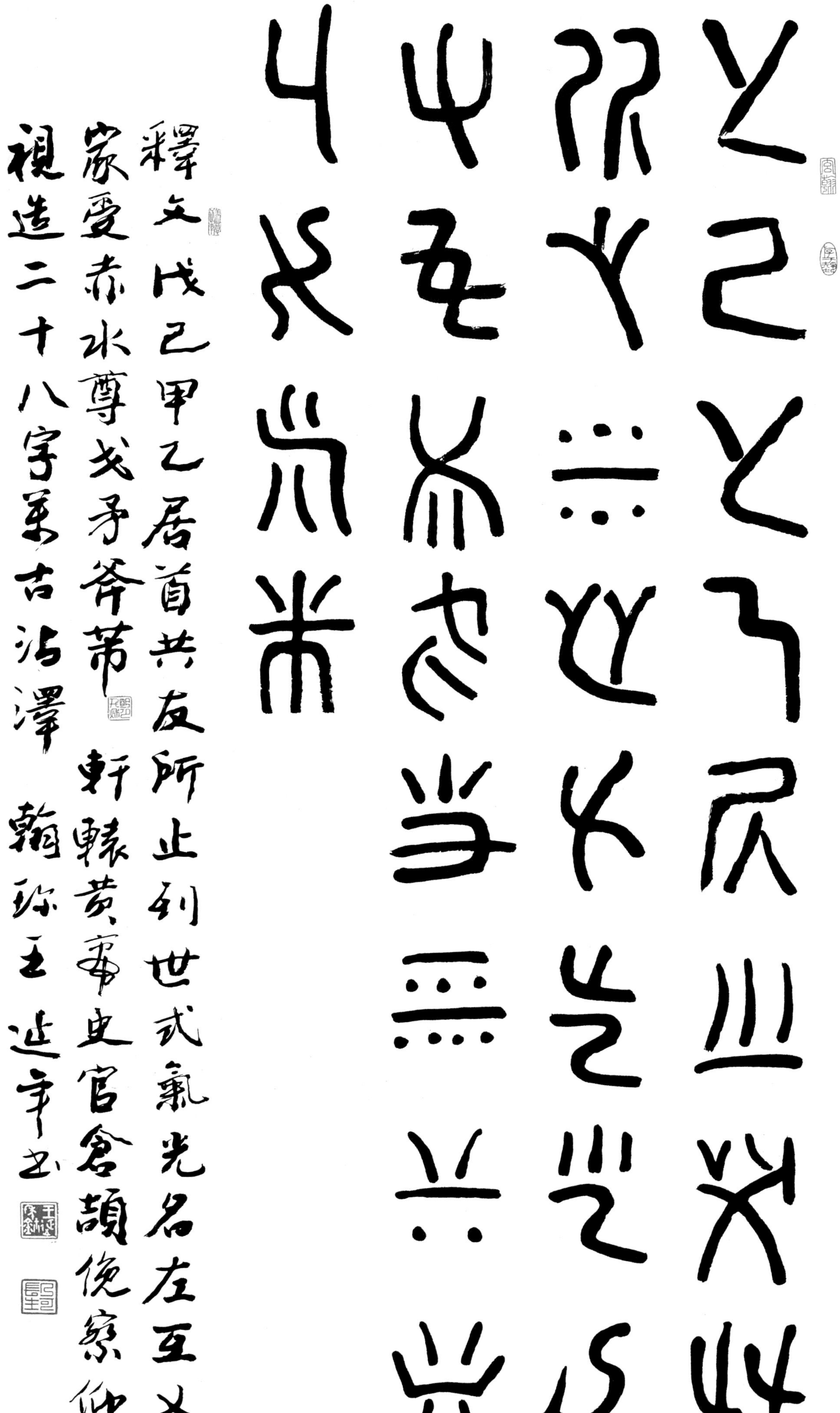

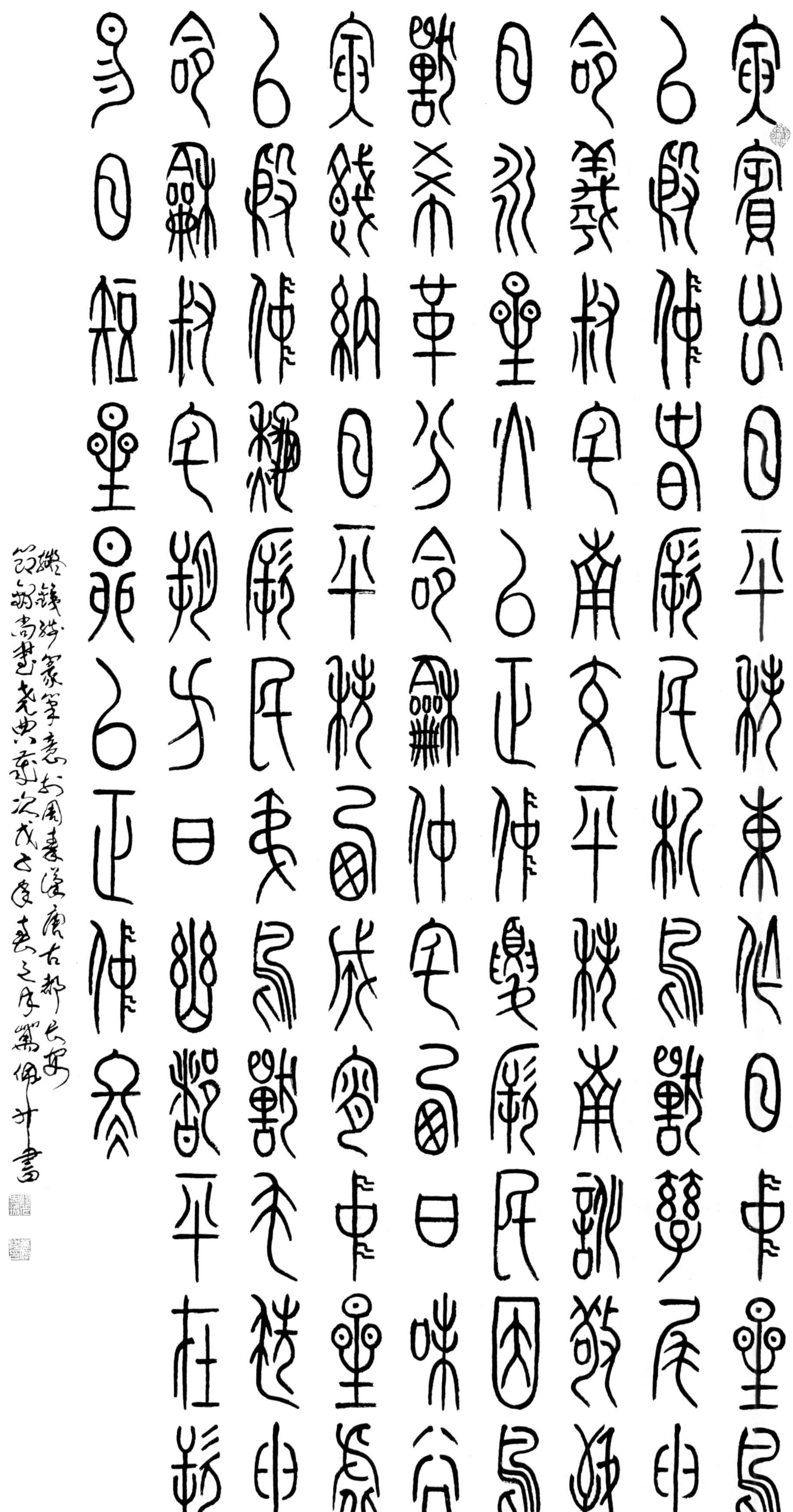

篆书尚书·尧典
180cm×97cm
万佩升

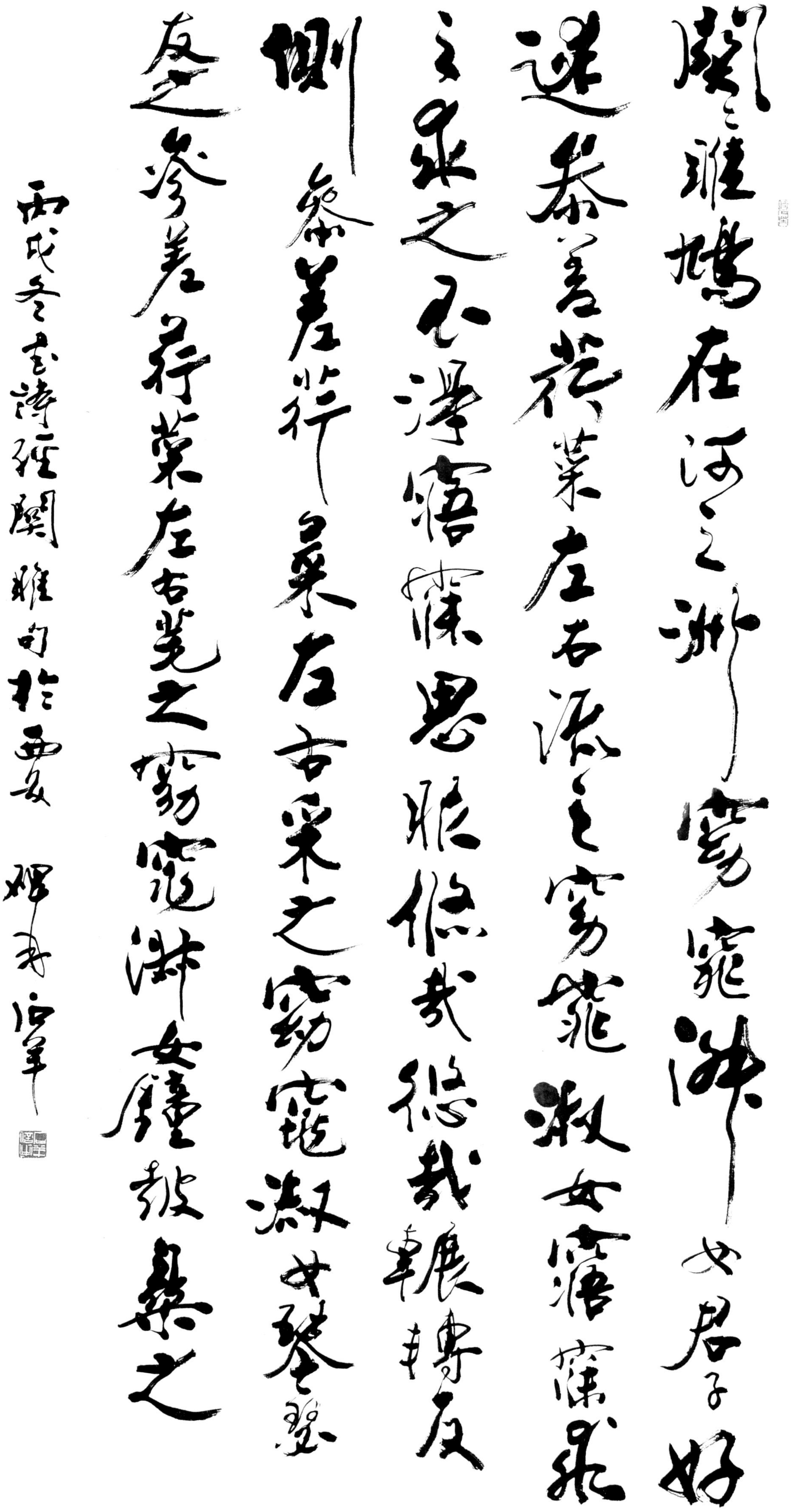

行书诗经·周南关雎
180cm×97cm
杨智忠

天行健君子以自强不息
地势坤君子以厚德载物

篆书周易·乾坤卦象辞
180cm×97cm
钟明善

天行健君子以自强不息地势坤君子以厚德载物

钟明善于西安交通大学

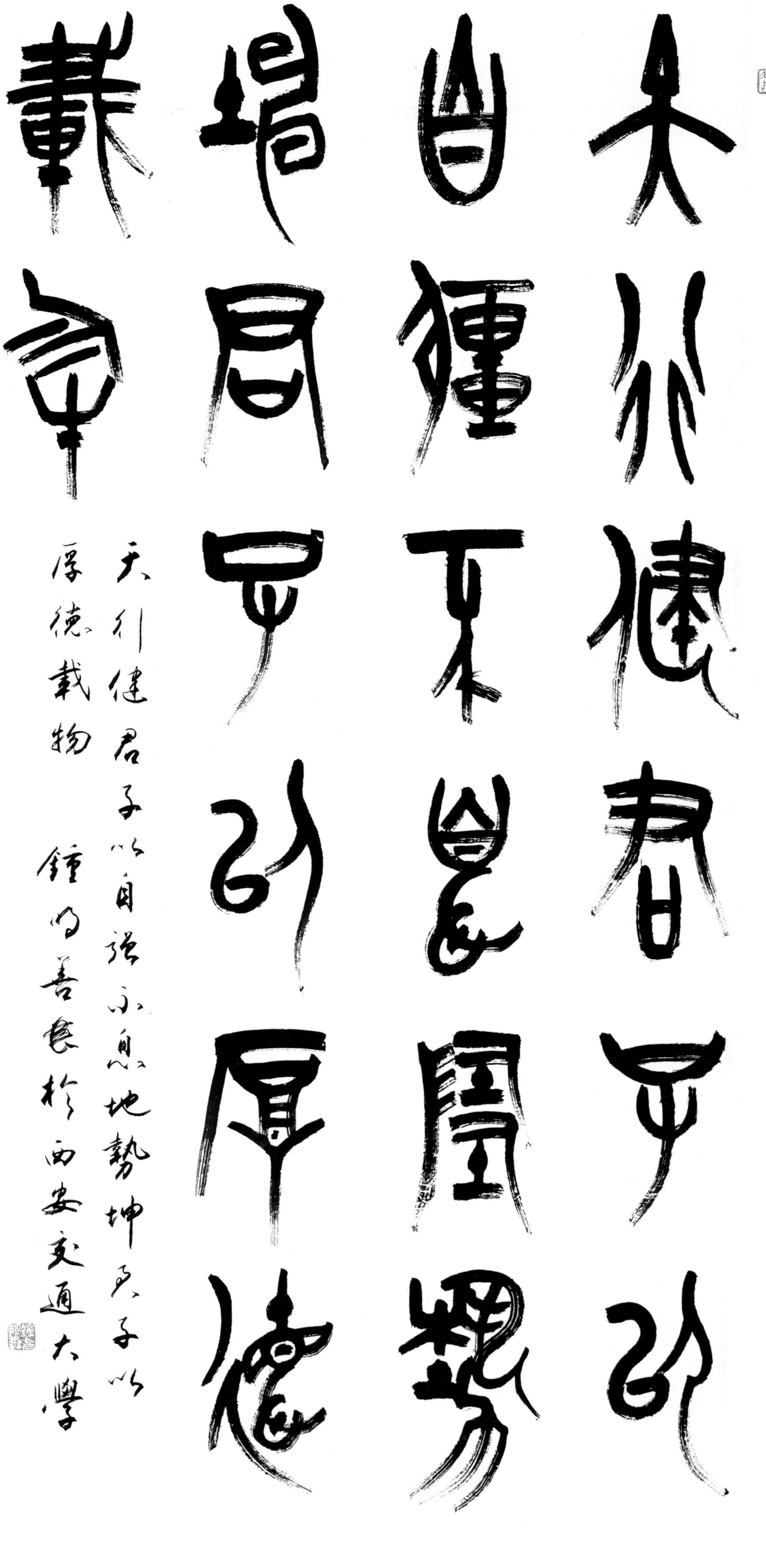

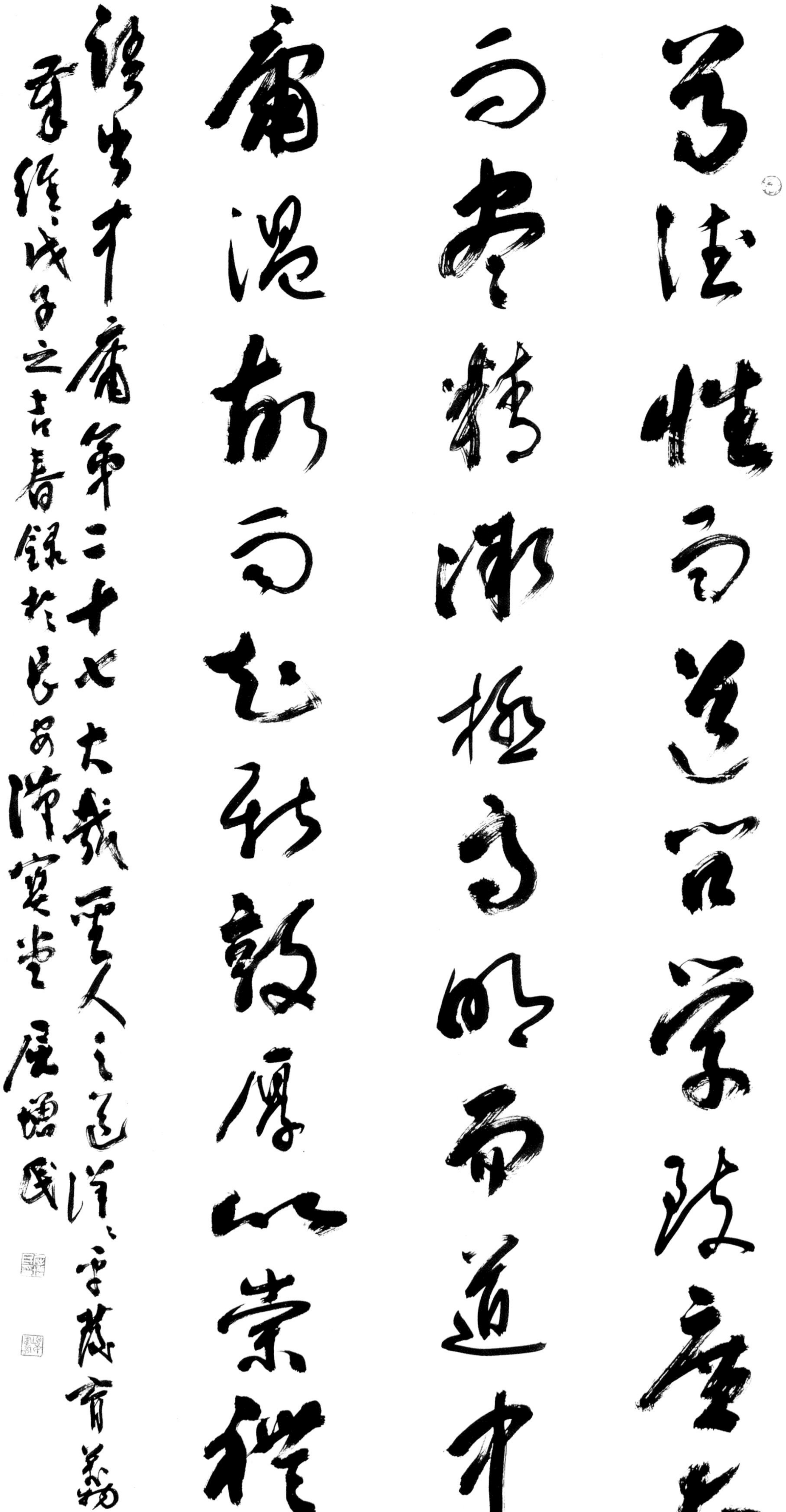

行书礼记·中庸
180cm×97cm
屈增民

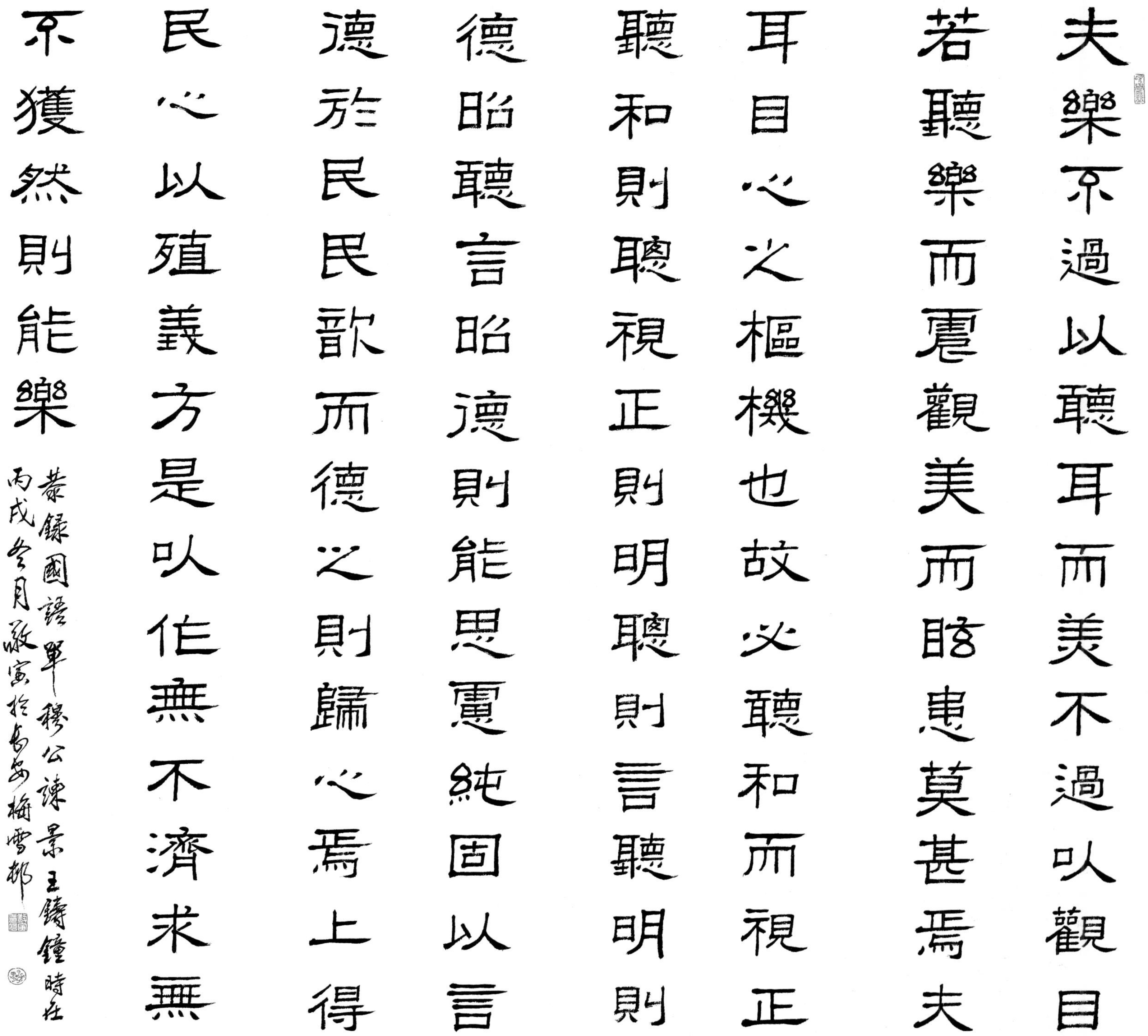
夫樂不過以聽耳而美不過以觀目
若聽樂而震觀美而眩患莫甚焉夫
耳目心之樞機也故必聽和而視正
聽和則聰視正則明聰則言聽明則
德昭聽言昭德則能思慮純固以言
德於民民歆而德之則歸心焉上得
民心以殖義方是以作無不濟求無
不獲然則能樂
恭錄國語單穆公諫景王鑄鐘 時在
丙戌冬月敬寅

隶书国语·单穆公谏景王铸大钟 180cm×46cm×4 李敬寅

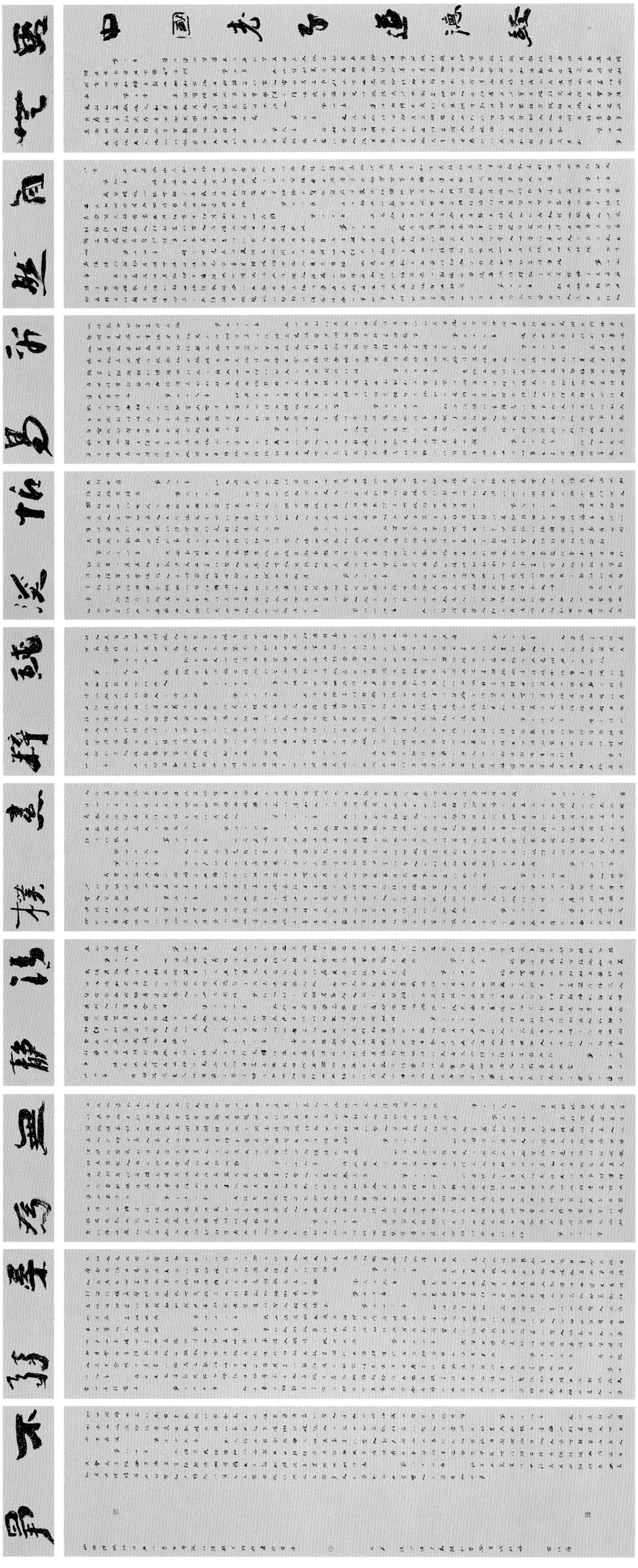

行书老子·道德经　180cm×46cm×10　郑三普

子曰學而時習之不亦說乎有朋自遠方來不亦樂乎人不知而不慍不亦君子乎　有子曰其爲人也孝弟而好犯上者鮮矣不好犯上而好作亂者未之有也君子務本本立而道生孝弟也者其爲仁之本與　子曰巧言令色鮮矣仁

曾子曰吾日三省吾身爲人謀而不忠乎與朋友交而不信乎傳不習乎

子曰道千乘之國敬事而信節用而愛人使民以時　弟子入則孝出則弟謹而信汎愛衆而親仁行有餘力則以學文

子曰君子不重則不威學則不固主忠信無友不如己者過則勿憚改

右節論語數則　昔在丙戌年

於古都長安陝西國畫院　雷珍民書

楷书论语・学而篇　180cm×97cm×2　雷珍民

篆书孙子兵法·谋攻篇 180cm×97cm×4 路毓贤

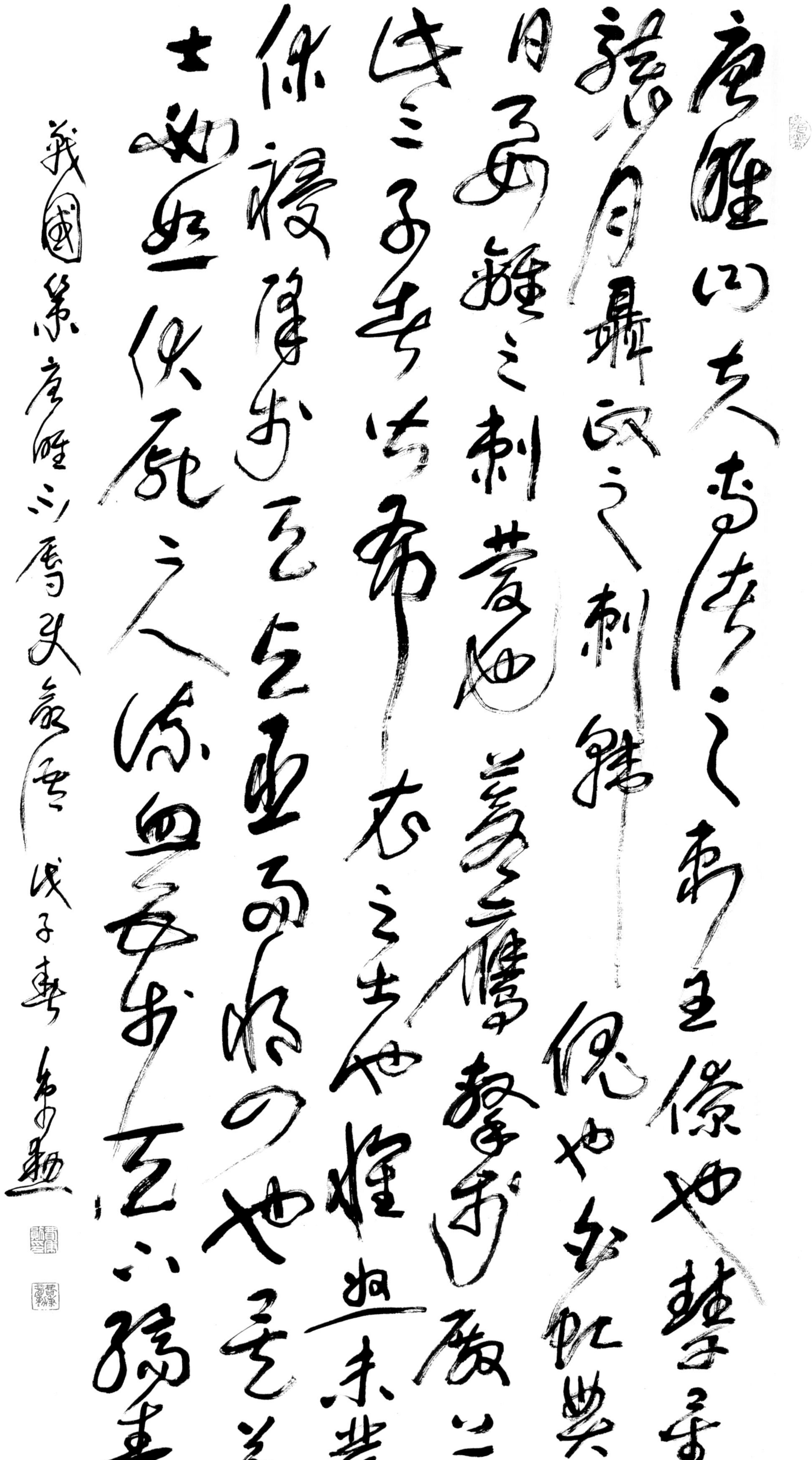
唐雎曰夫专诸之刺王僚也彗星袭月聂政之刺韩傀也白虹贯日要离之刺庆忌也苍鹰击于殿上此三子者皆布衣之士也怀怒未发休祲降于天与臣而将四矣若士必怒伏尸二人流血五步天下缟素

行书战国策·唐雎不辱使命
180cm×97cm
费秉勋

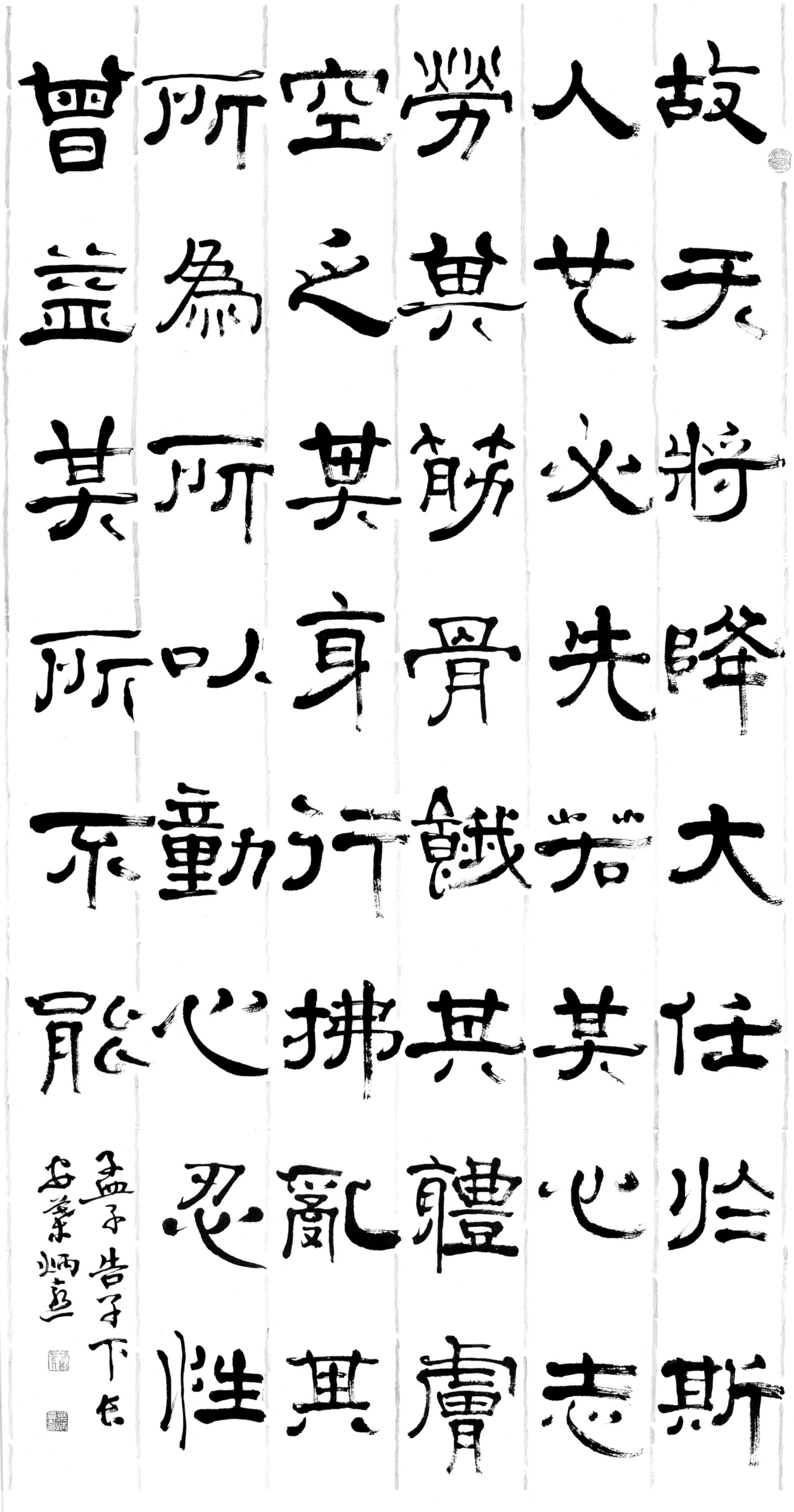

隶书孟子·告子下
180cm×97cm
叶炳喜

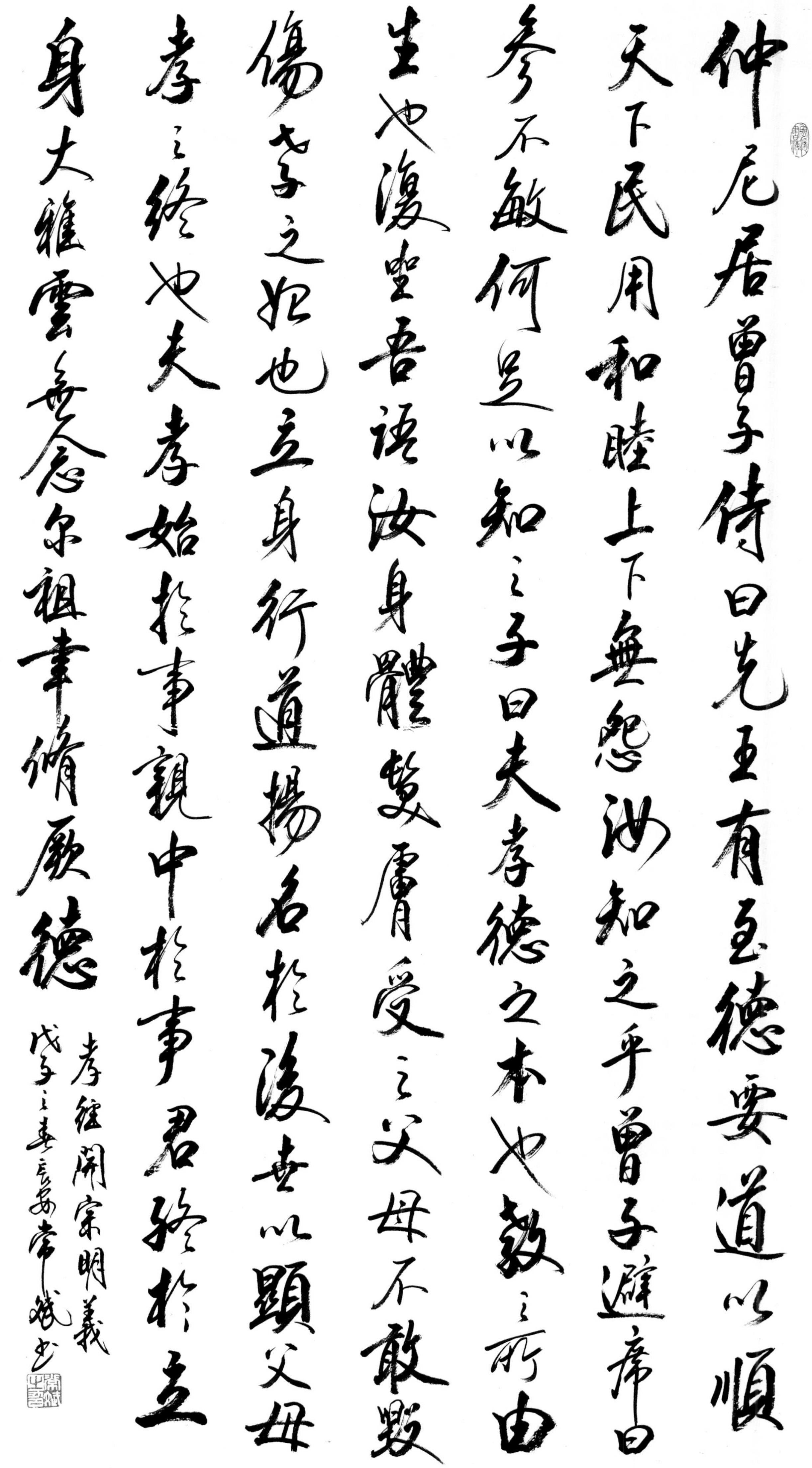
仲尼居曾子侍曰先王有至德要道以順
天下民用和睦上下無怨汝知之乎曾子避席曰
參不敏何足以知之子曰夫孝德之本也教之所由
生也復坐吾語汝身體髮膚受之父母不敢毀
傷孝之始也立身行道揚名於後世以顯父母
孝之終也夫孝始於事親中於事君終於立
身大雅云無念爾祖聿脩厥德
孝經開宗明義

行书孝经·开宗明义篇
180cm×97cm
常斌

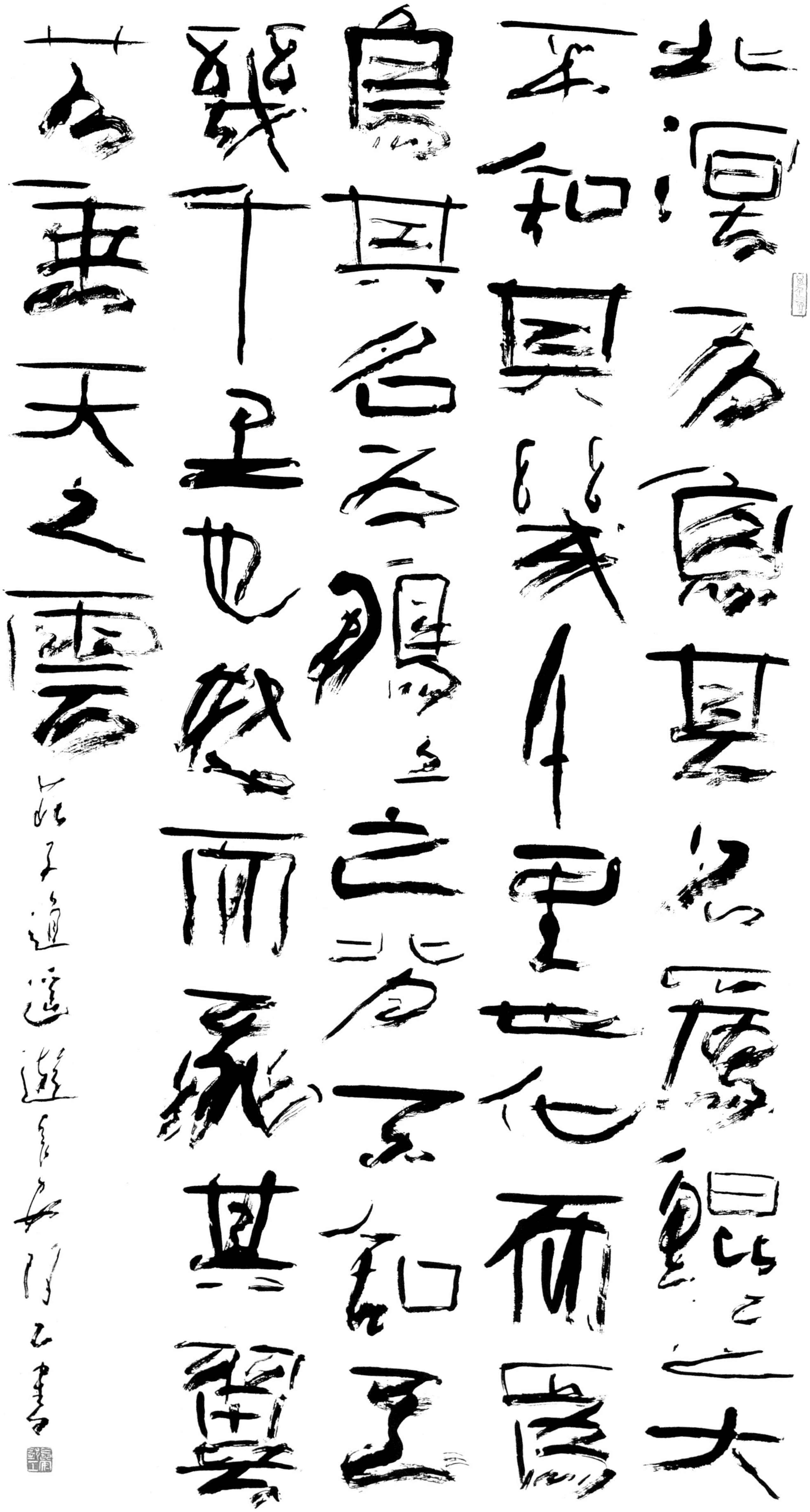

行书庄子·逍遥游
180cm×97cm
邹宗绪

君子曰學不可㠯已青取之于
藍而青于藍冰水為之而寒于
水木直中繩輮㠯為輪其曲中
規雖有槁暴不復挺者輮使之
然也故木受繩則直金就礪則
利君子博學而日參省乎己則
知明而行無過矣
荀子勸學篇
丙戌初夏 溫友言書于古城西安

篆书荀子·劝学篇
180cm×97cm
温友言

智術之士必遠見而明察

不明察不能燭私

必強毅

不勁直不能矯奸

韩非子文孤愤篇句 戊子年春
刘平继邦书於陕西国画院龙首群炉六

释文 智術之士必遠見而明察不
明察不能燭私能法之士必強毅
而勁直不勁直不能矯奸

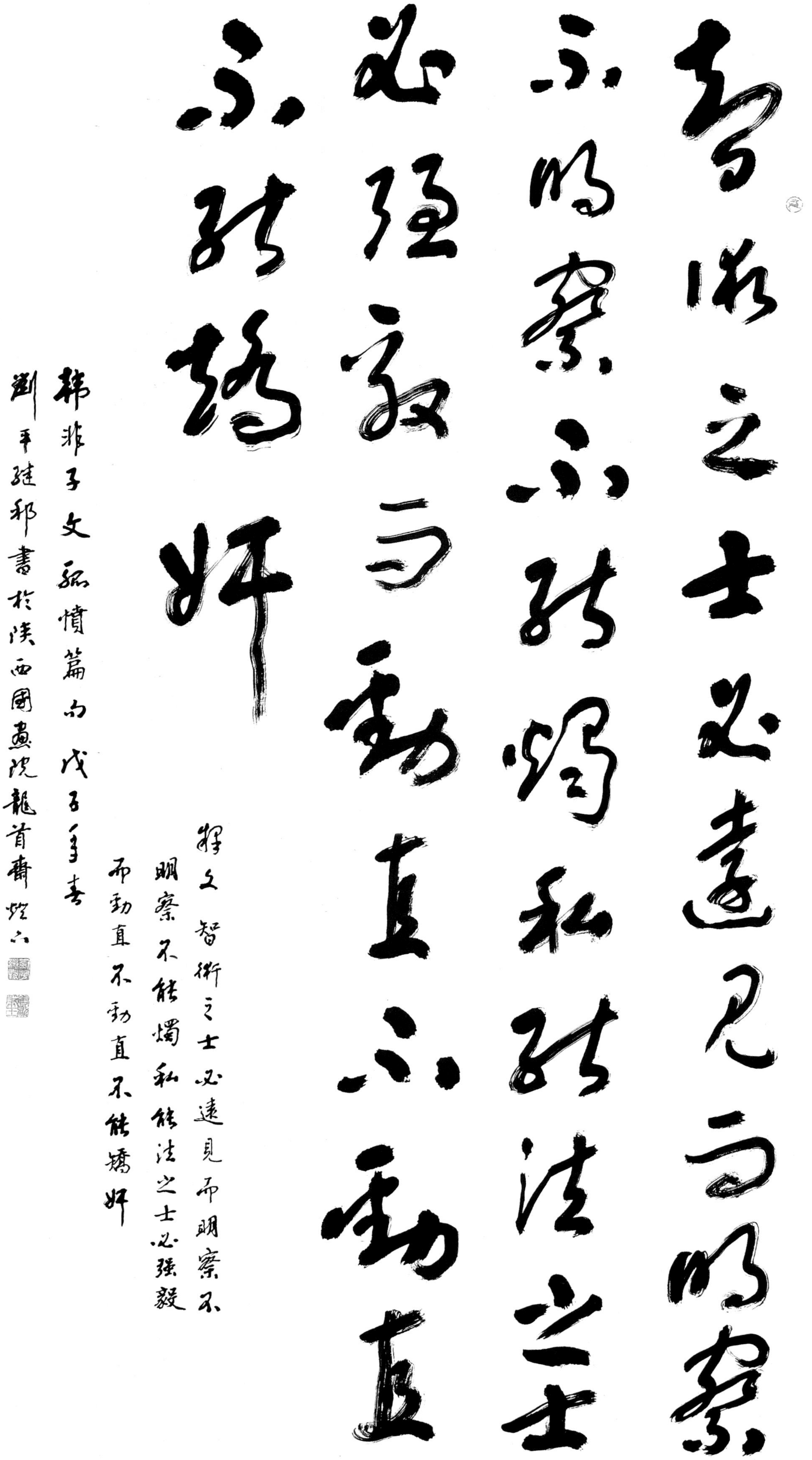

行书韩非子·孤愤篇
180cm×97cm
刘平继邦

篆书楚辞·离骚
180cm×97cm
高峡

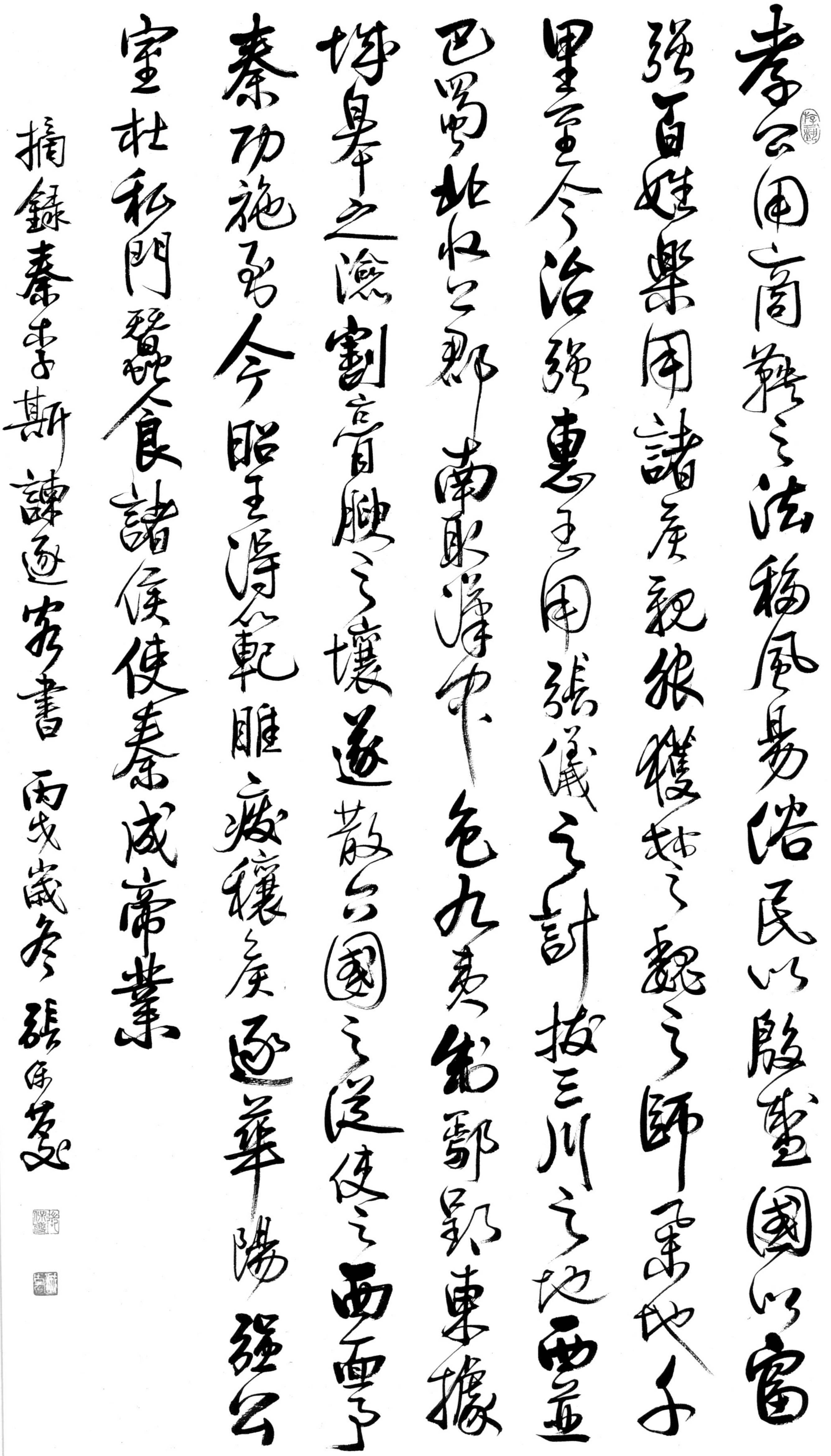
孝公用商鞅之法移風易俗民以殷盛國以富
強百姓樂用諸侯親服獲楚魏之師舉地千
里至今治強惠王用張儀之計拔三川之地西并
巴蜀北收上郡南取漢中包九夷制鄢郢東據
成皋之險割膏腴之壤遂散六國之從使之西面事
秦功施到今昭王得范雎廢穰侯逐華陽強公
室杜私門蠶食諸侯使秦成帝業
摘錄秦李斯諫逐客書 丙戌歲冬 張保慶

行书李斯·谏逐客书
180cm×97cm
张保庆

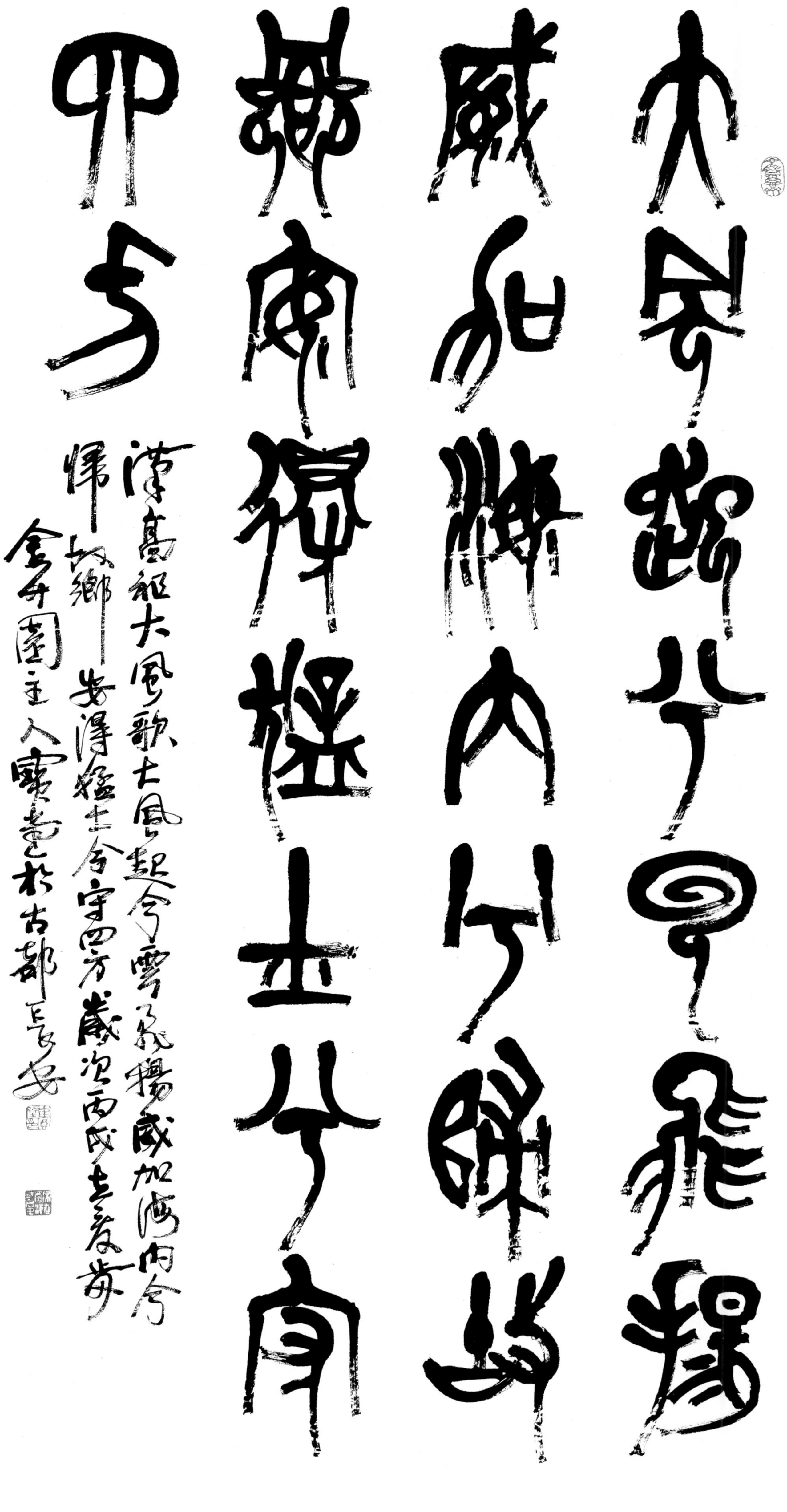

篆书汉高祖·大风歌
180cm×97cm
崔宝堂

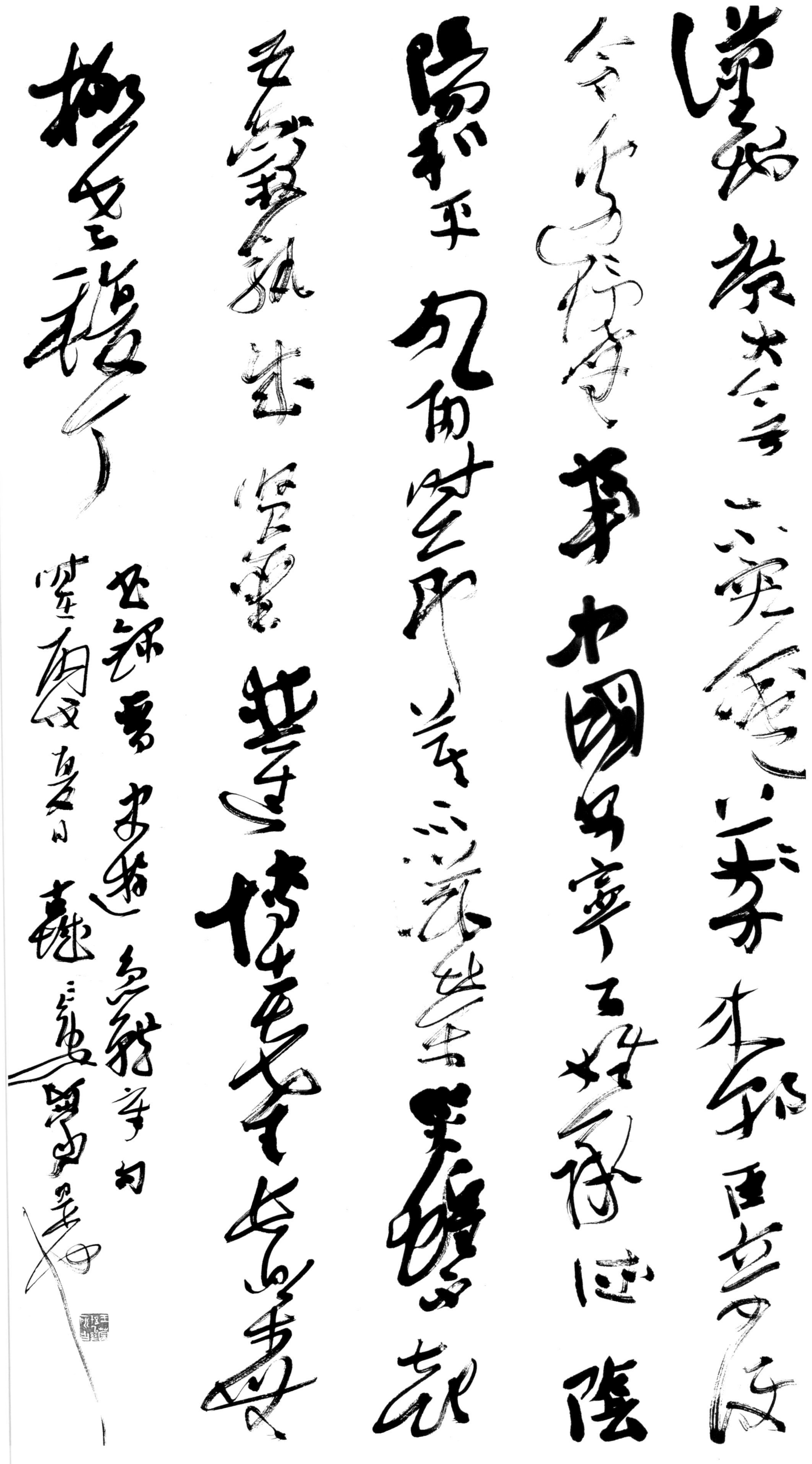

行书史游·急就章
180cm×97cm
王蒙

篆书史记·太史公自序
180cm×97cm
李梅

横被六合三成帝畿周以龙兴秦以虎视及至大汉受命而都之也

录班固句 平凹

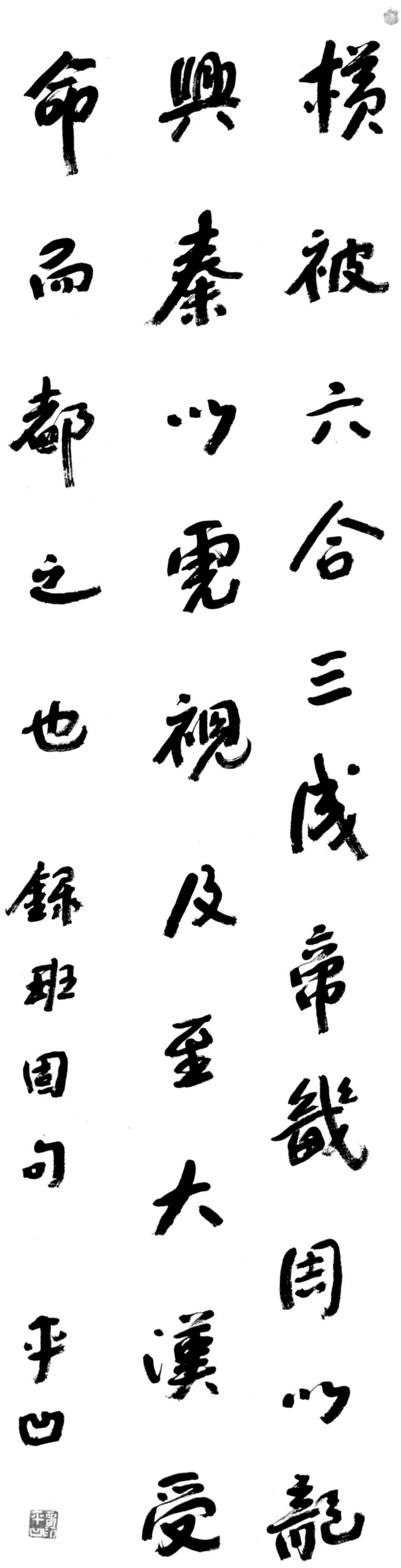

行书班固·西都赋
180cm×48cm
贾平凹

行书汉乐府·长歌行
180cm×97cm
李成海

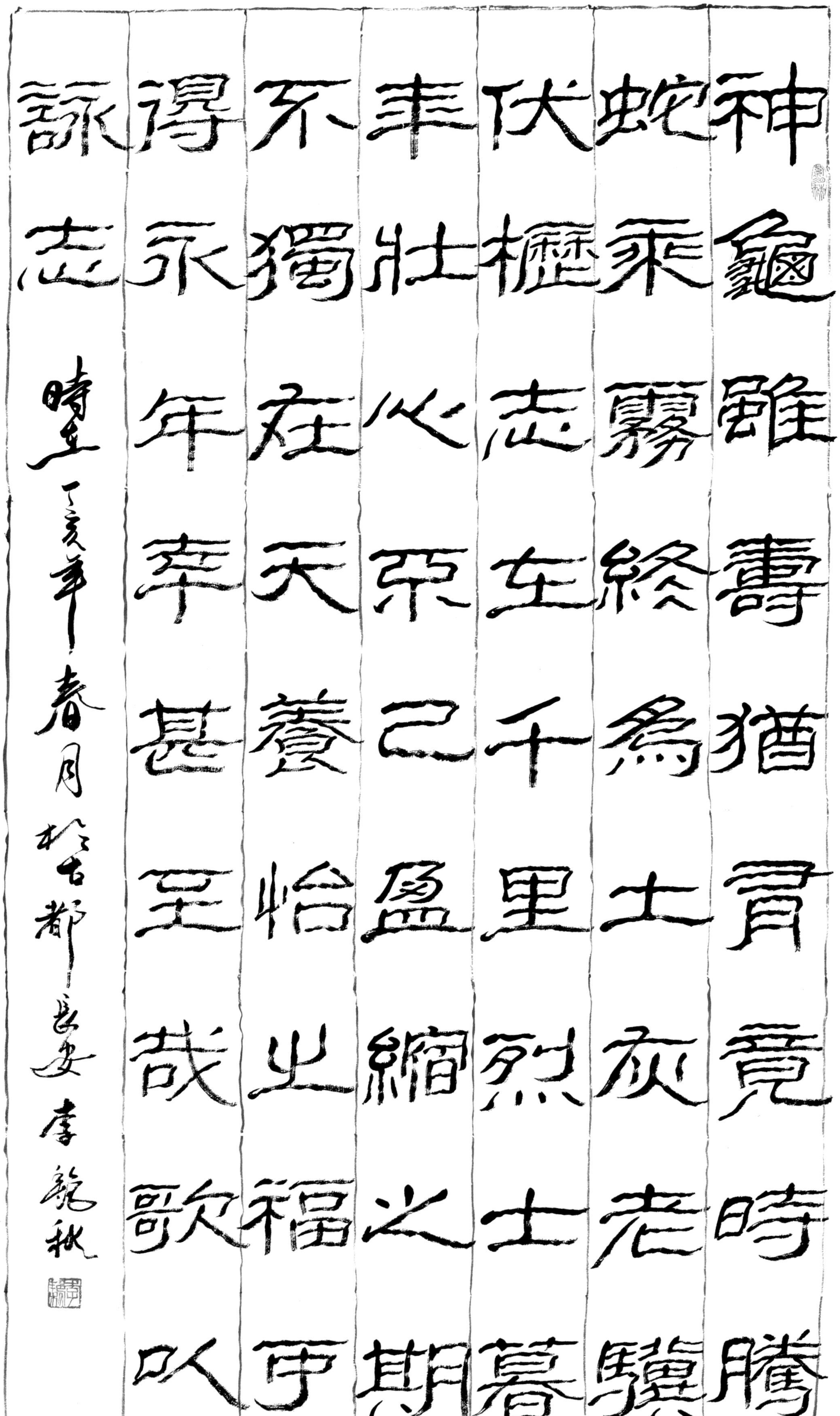
神龜雖壽猶有竟時騰
蛇乘霧終為土灰老驥
伏櫪志在千里烈士暮
年壯心不已盈縮之期
不獨在天養怡之福可
得永年幸甚至哉歌以
詠志
時在丁亥年春月於古都長安李艷秋

隶书曹操·龟虽寿
180cm×97cm
李艳秋

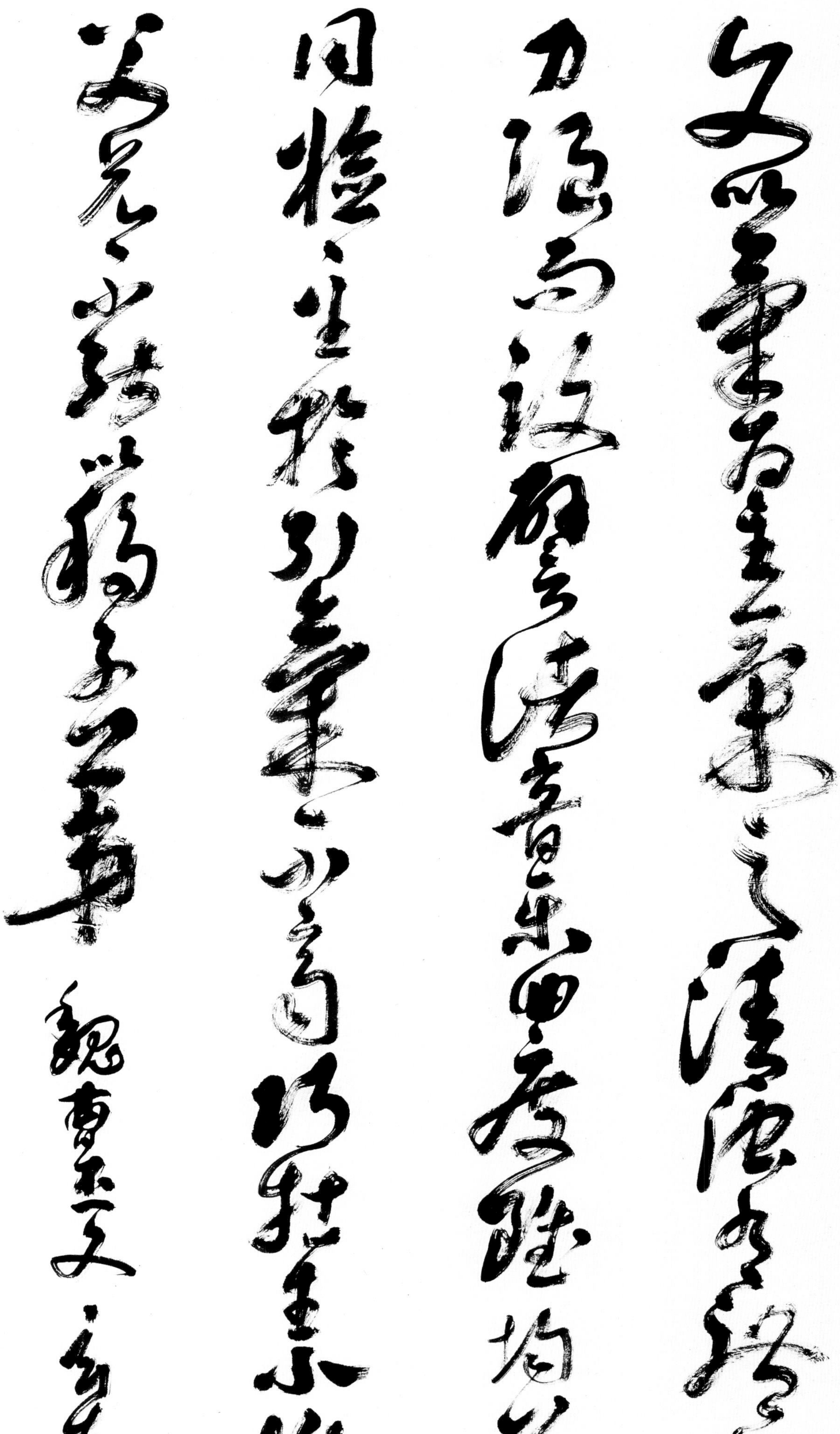

草书曹丕·典论
180cm×97cm
郑玄真

黄初三年余朝京師還濟洛川古人有言斯水之神名曰宓妃感宋玉對楚王神女之事遂作斯賦其辭曰 余從京域言歸
東藩背伊闕越轘轅經通谷陵景山日既西傾車殆馬煩爾乃稅駕乎蘅皋秣駟乎芝田容與乎陽林流眄乎洛川於是精移
神駭忽焉思散俯則未察仰以殊觀睹一麗人于巖之畔乃援御者而告之曰爾有覿於彼者乎彼何人斯若此之艷也御者
對曰臣聞河洛之神名曰宓妃然則君王所見無乃是乎其狀若何臣願聞之余告之曰其形也翩若驚鴻婉若游龍榮曜秋
菊華茂春松髣髴兮若輕雲之蔽月飄颻兮若流風之回雪遠而望之皎若太陽昇朝霞迫而察之灼若芙蕖出淥波穠纖得
衷修短合度肩若削成腰如束素延頸秀項皓質呈露芳澤無加鉛華弗御雲髻峨峨修眉聯娟丹脣外朗皓齒內鮮明眸善
睞靨輔承權瓌姿艷逸儀靜體閑柔情綽態媚於語言奇服曠世骨像應圖披羅衣之璀粲兮珥瑤碧之華琚戴金翠之首飾
綴明珠以耀軀踐遠遊之文履曳霧綃之輕裾微幽蘭之芳藹兮步踟躕於山隅於是忽焉縱體以遨以嬉左倚采旄右蔭桂
旗攘皓腕於神滸兮采湍瀨之玄芝余情悅其淑美兮心振蕩而不怡無良媒以接懽兮託微波而通辭願誠素之先達兮解
玉佩以要之嗟佳人之信修羌習禮而明詩抗瓊珶以和余兮指潛淵而為期執眷眷之款實兮懼斯靈之我欺感交甫之棄
言兮悵猶豫而狐疑收和顏而靜志兮申禮防以自持於是洛靈感焉徙倚彷徨神光離合乍陰乍陽竦輕軀以鶴立若將飛
而未翔踐椒塗之郁烈步蘅薄而流芳超長吟以永慕兮聲哀厲而彌長爾乃眾靈雜遝命儔嘯侶或戲清流或翔神渚或采
明珠或拾翠羽從南湘之二妃攜漢濱之游女歎匏瓜之無匹兮詠牽牛之獨處揚輕袿之猗靡兮翳修袖以延佇體迅飛鳧
飄忽若神陵波微步羅韈生塵動無常則若危若安進止難期若往若還轉眄流精光潤玉顏含辭未吐氣若幽蘭華容婀娜
令我忘飡於是屏翳收風川后靜波馮夷鳴鼓女媧清歌騰文魚以警乘鳴玉鸞以偕逝六龍儼其齊首載雲車之容裔鯨鯢
踊而夾轂水禽翔而為衛於是越北沚過南岡紆素領迴清陽動朱脣以徐言陳交接之大綱恨人神之道殊兮怨盛年之莫
當抗羅袂以掩涕兮淚流襟之浪浪悼良會之永絕兮哀一逝而異鄉無微情以效愛兮獻江南之明璫雖潛處於太陰長寄
心於君王忽不悟其所舍悵神宵而蔽光於是背下陵高足往神留遺情想像顧望懷愁冀靈體之復形御輕舟而上遡浮長
川而忘反思緜緜而增慕夜耿耿而不寐霑繁霜而至曙命僕夫而就駕吾將歸乎東路攬騑轡以抗策悵盤桓而不能去
右錄魏曹植文 洛神賦并序 田集民書

楷书曹植·洛神赋
180cm×97cm
田集民

誠宜開張聖聽
以光先帝遺德
恢宏志士之氣
不宜妄自菲薄
引喻失義以塞
忠諫之路
書錄諸葛亮出師
表歲在戊子仲春
吳振鋒書

行书诸葛亮·出师表　180cm×26cm×6　吴振锋

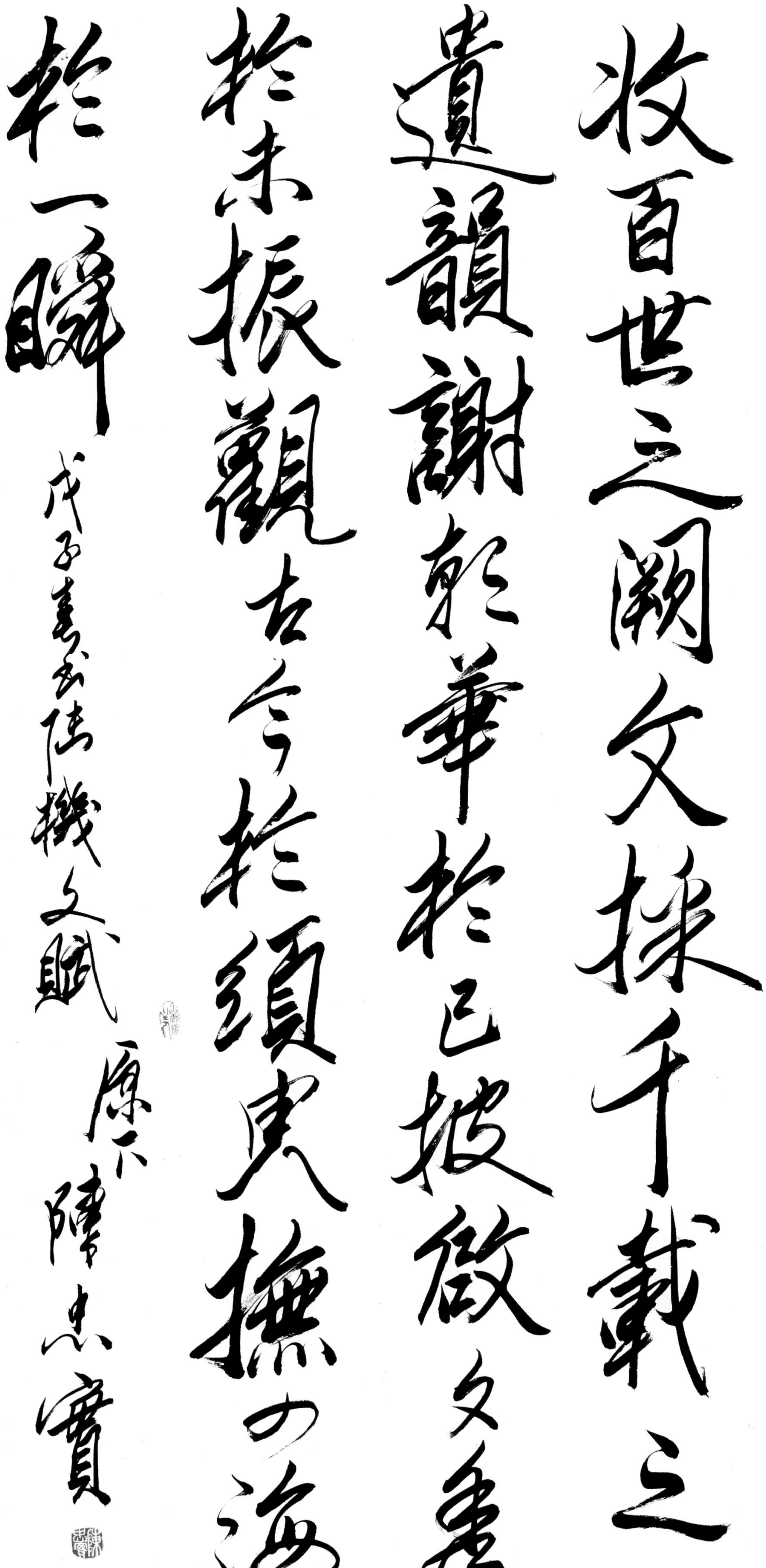
收百世之闕文採千載之
遺韻謝朝華於已披啟夕秀
於未振觀古今於須臾撫四海
於一瞬
戊子春書陸機文賦 原下 陳忠實

行书陆机·文赋
180cm×97cm
陈忠实

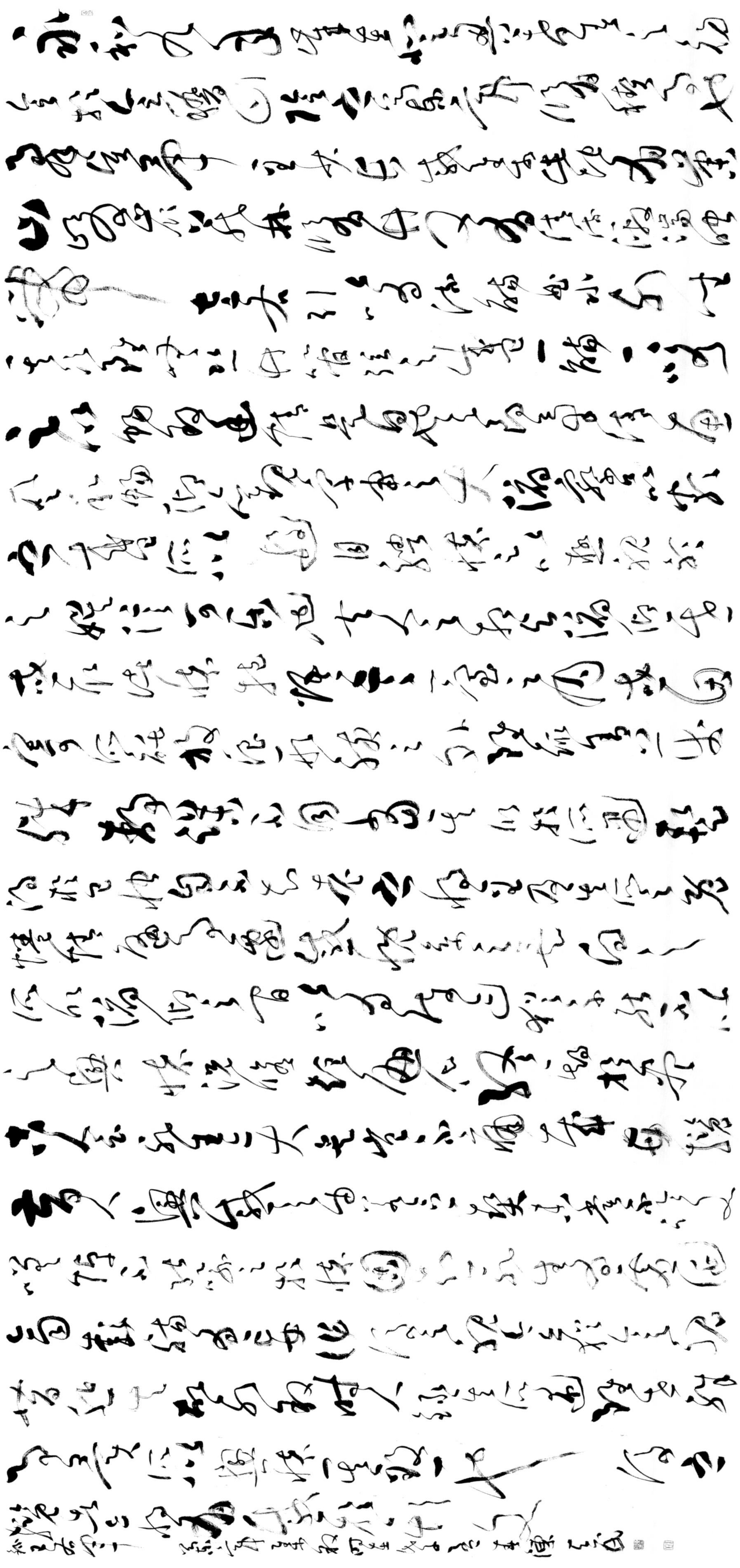

草书王羲之·兰亭序 180cm×97cm×4 陈天民

結廬在人境
而無車馬喧
問君何能爾
心遠地自偏
採菊東籬下
悠然見南山
山氣日夕佳
飛鳥相與還
此中有真意
欲辨已忘言

隶书陶渊明·饮酒

180cm×97cm

陈云龙

文之为德也大矣，与天地并生者何哉！夫玄黄色杂，方圆体分，日月叠璧，以垂丽天之象；山川焕绮，以铺理地之形：此盖道之文也。仰观吐曜，俯察含章，高卑定位，故两仪既生矣。惟人参之，性灵所钟，是谓三才。为五行之秀，实天地之心，心生而言立，言立而文明，自然之道也。

录文心雕龙原道第一部分名句 戊子年长安稳新书于关中书苑

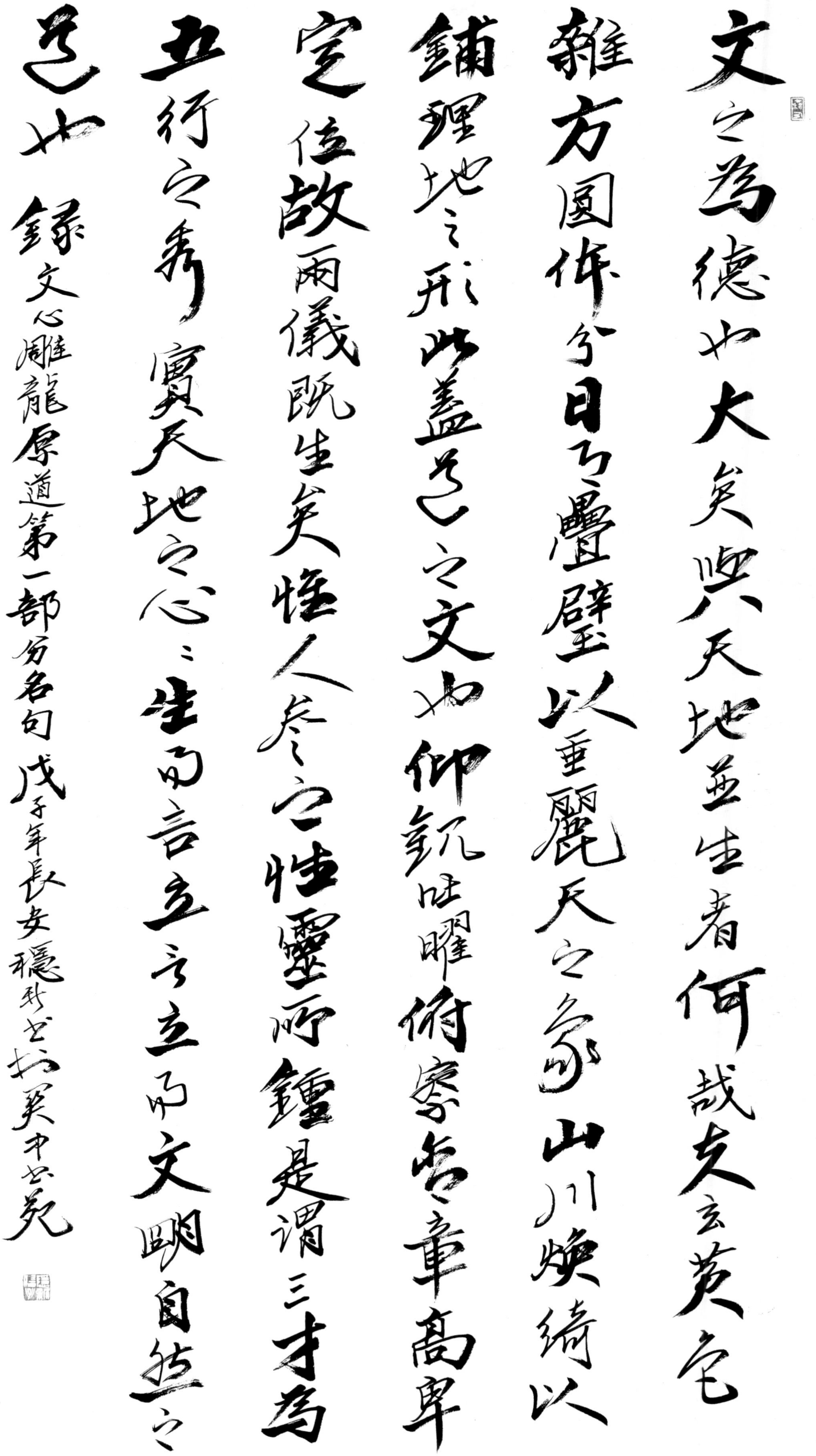

行书刘勰·文心雕龙
180cm×97cm
杨稳新

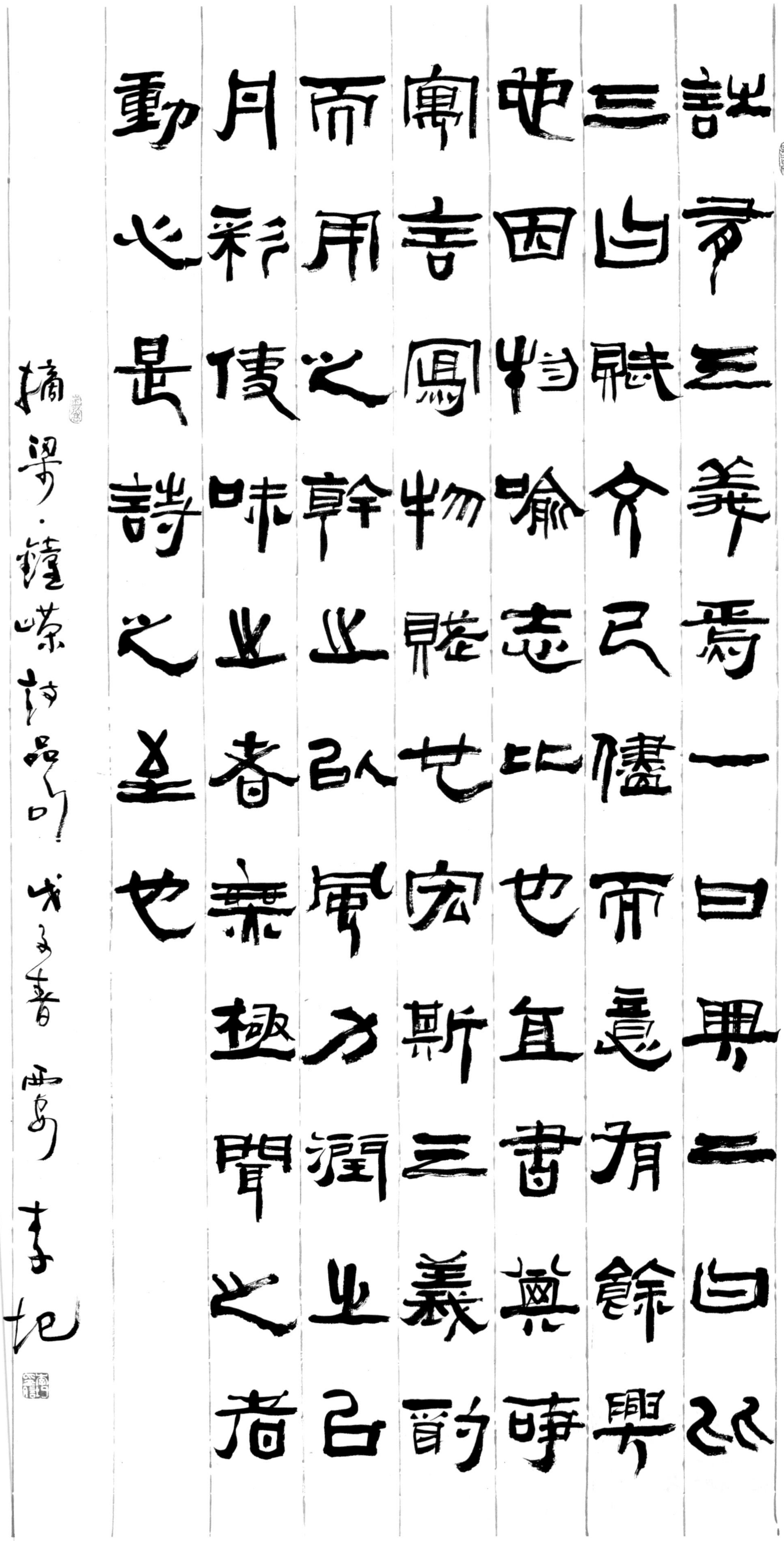

隶书钟嵘·诗品
180cm×97cm
李圯

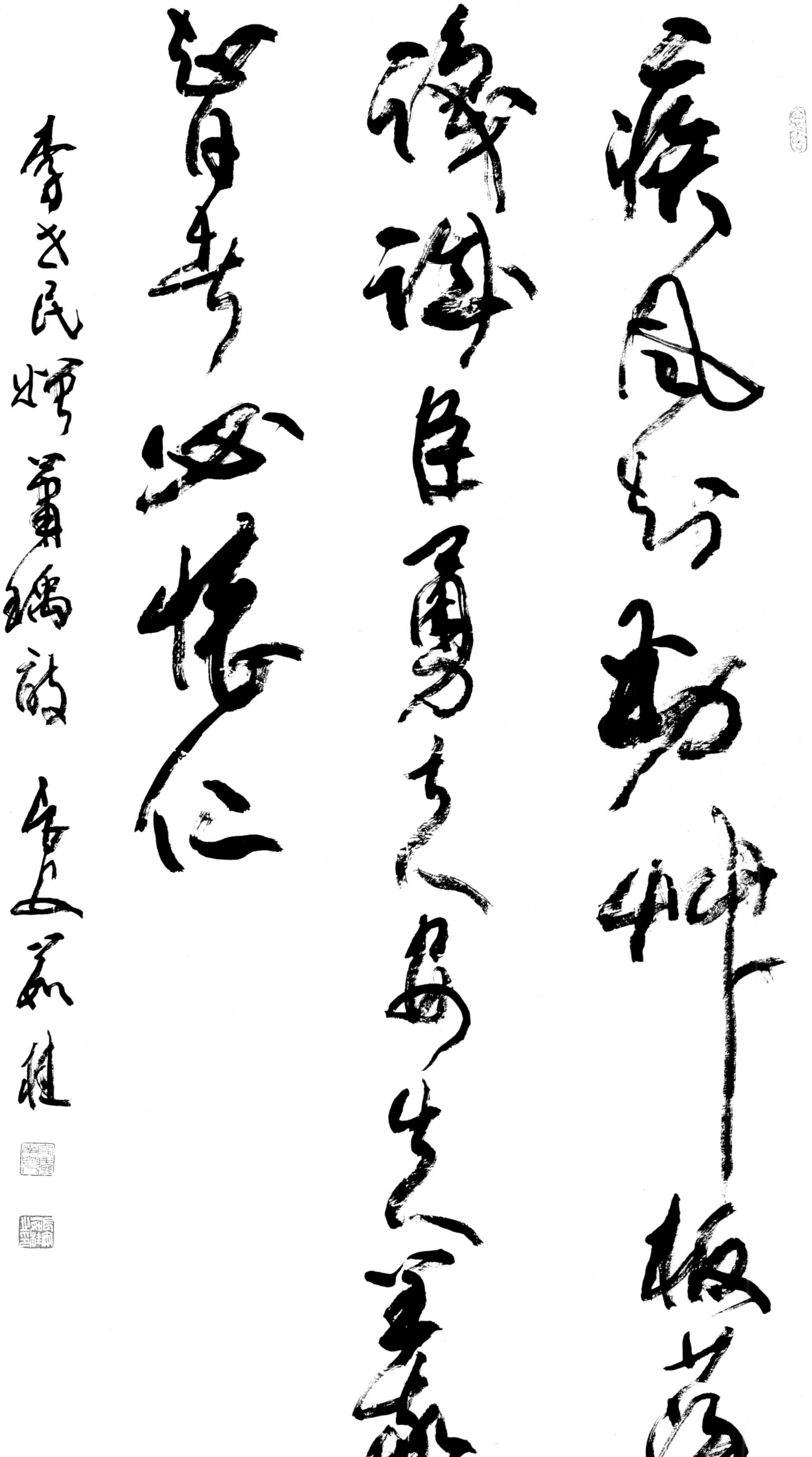

草书唐太宗·赐萧瑀
180cm×97cm
茹桂

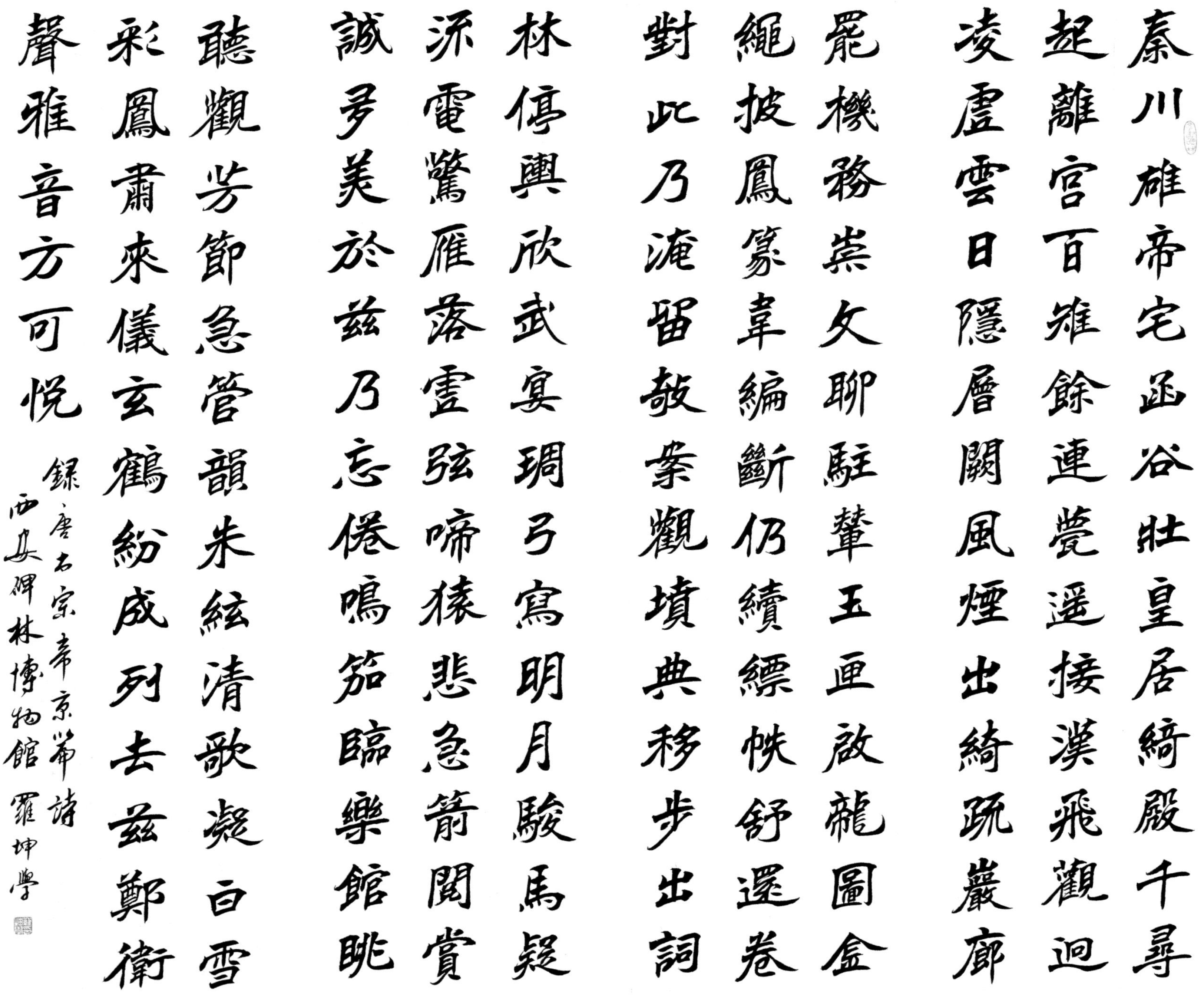
秦川雄帝宅函谷壯皇居綺殿千尋
起離宮百雉餘連甍遥接漢飛觀迥
凌虛雲日隱層闕風煙出綺疏巖廊
罷機務崇文聊駐輦玉匣啓龍圖金
繩披鳳篆韋編斷仍續縹帙舒還卷
對此乃淹留敧案觀墳典移步出詞
林停輿欣武宴琱弓寫明月駿馬疑
泝電驚雁落虛弦啼猿悲急箭閲賞
誠多美於兹乃忘倦鳴笳臨樂館眺
聽歡芳節急管韻朱絃清歌凝白雪
彩鳳肅來儀玄鶴紛成列去兹鄭衛
聲雅音方可悦
録唐太宗帝京篇詩
西安碑林博物館 羅坤學

楷书唐太宗·帝京篇　180cm×97cm×2　罗坤学

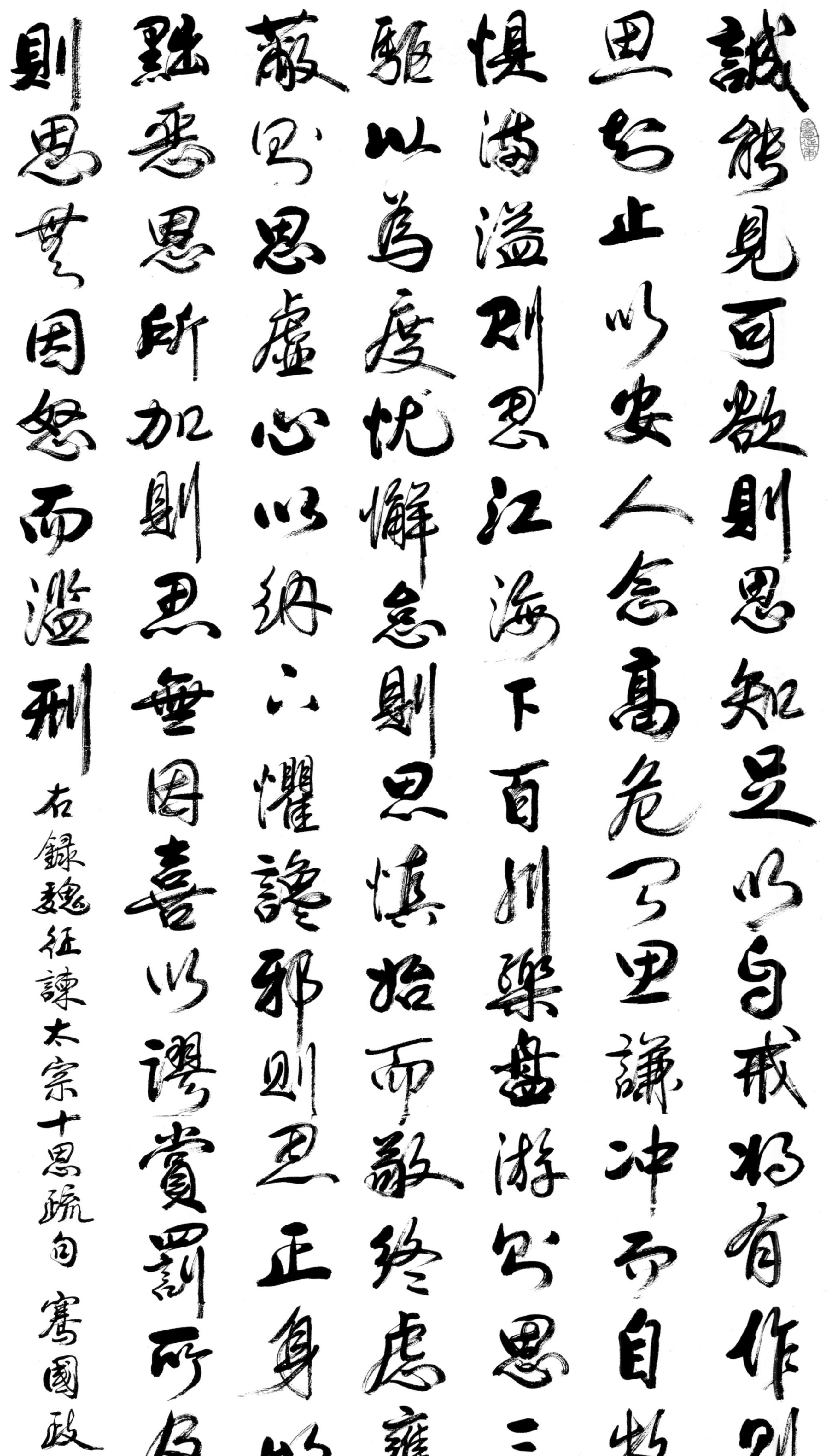
誠能見可欲則思知足以自戒將有作則
思知止以安人念高危則思謙沖而自牧
懼滿溢則思江海下百川樂盤遊則思三
驅以為度憂懈怠則思慎始而敬終慮壅
蔽則思虛心以納下懼讒邪則思正身以
黜惡恩所加則思無因喜以謬賞罰所及
則思無因怒而濫刑
右錄魏征諫太宗十思疏句 騫國政

行书魏征·十思疏
180cm×97cm
骞国政

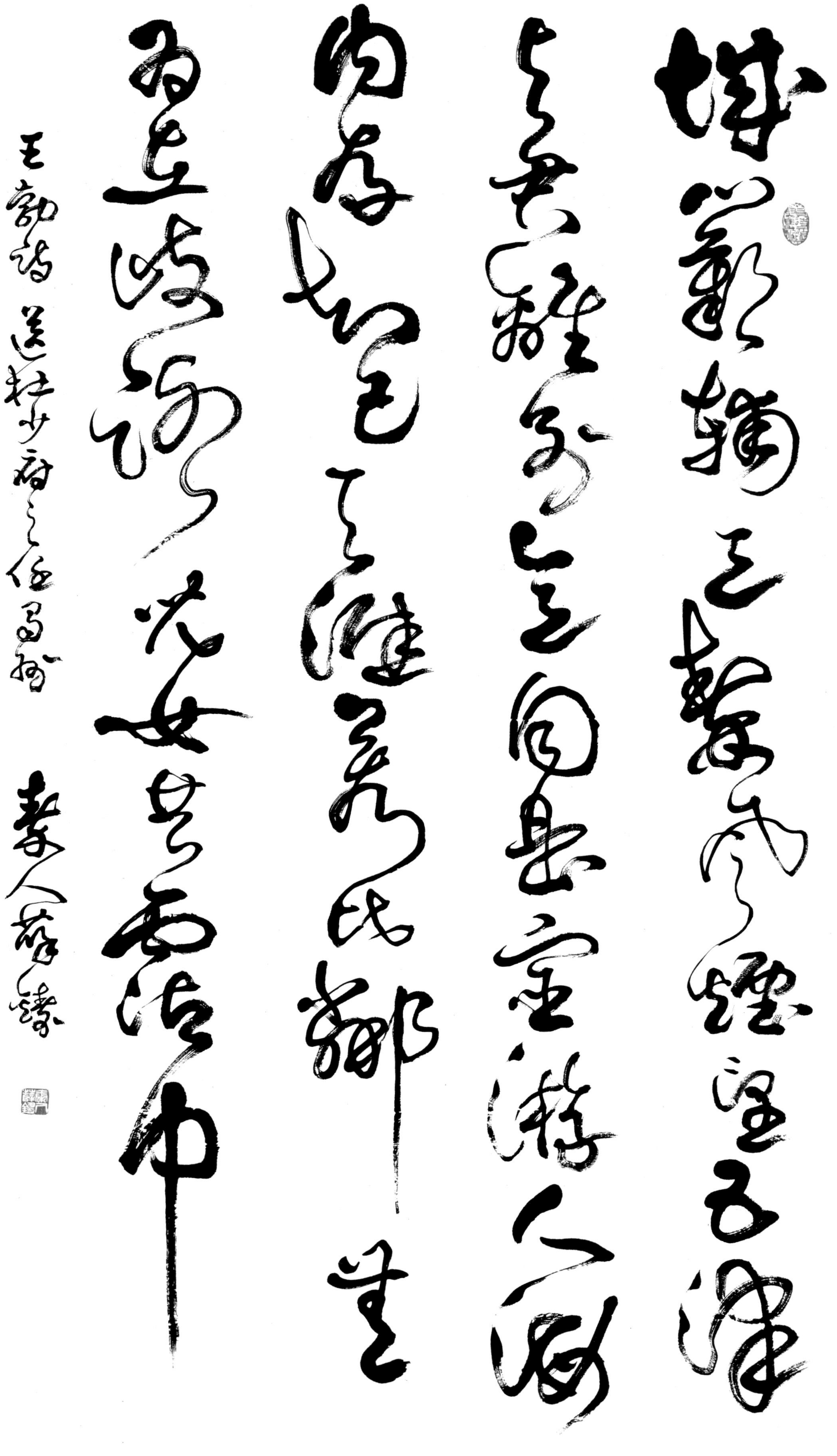

城阙辅三秦，风烟望五津。

与君离别意，同是宦游人。

海内存知己，天涯若比邻。

无为在歧路，儿女共沾巾。

王勃诗 送杜少府之任蜀州 薛铸

草书王勃·杜少府之任蜀州
180cm×97cm
薛铸

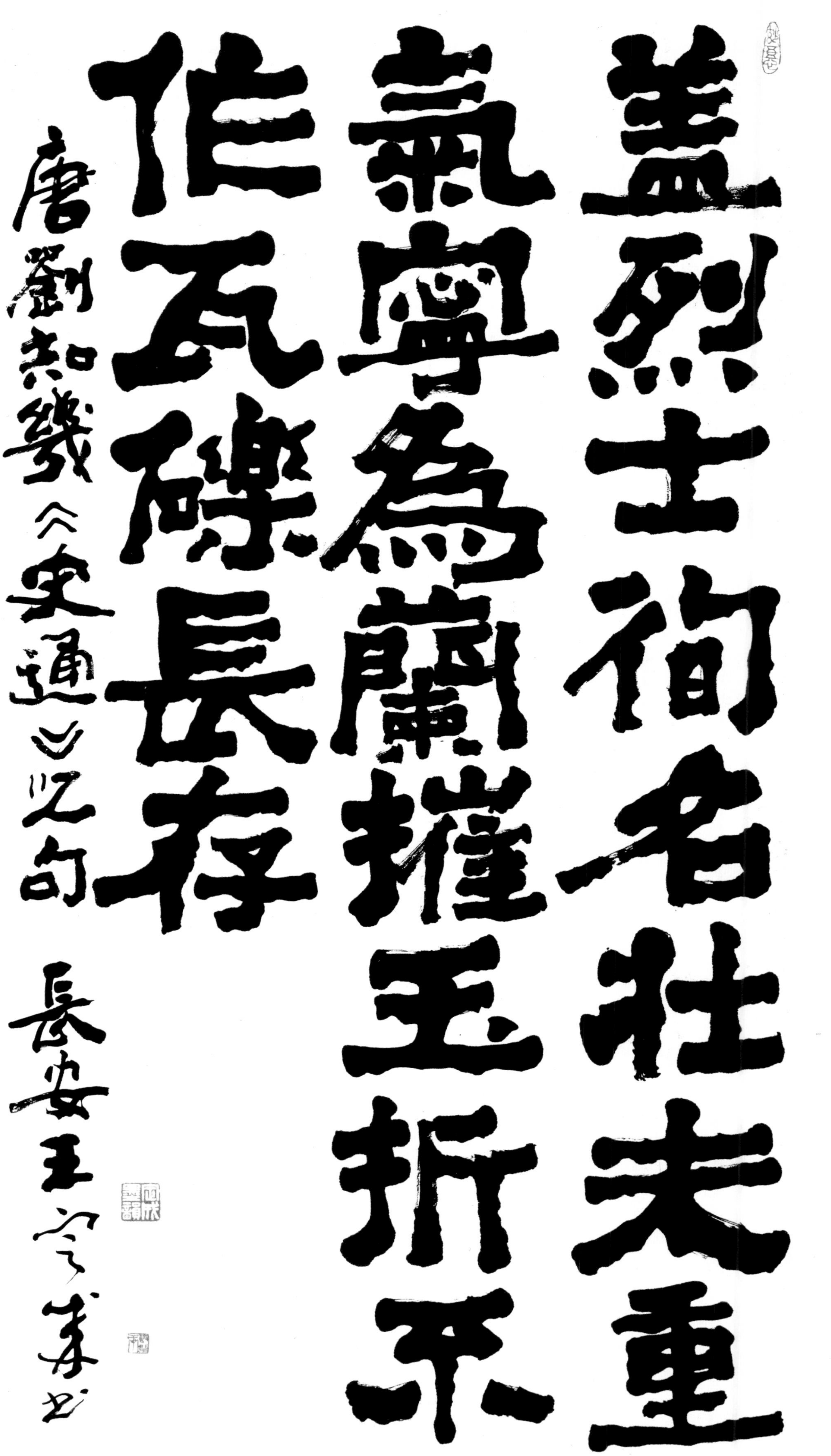

隶书刘知几·史通句
180cm×97cm
王定成

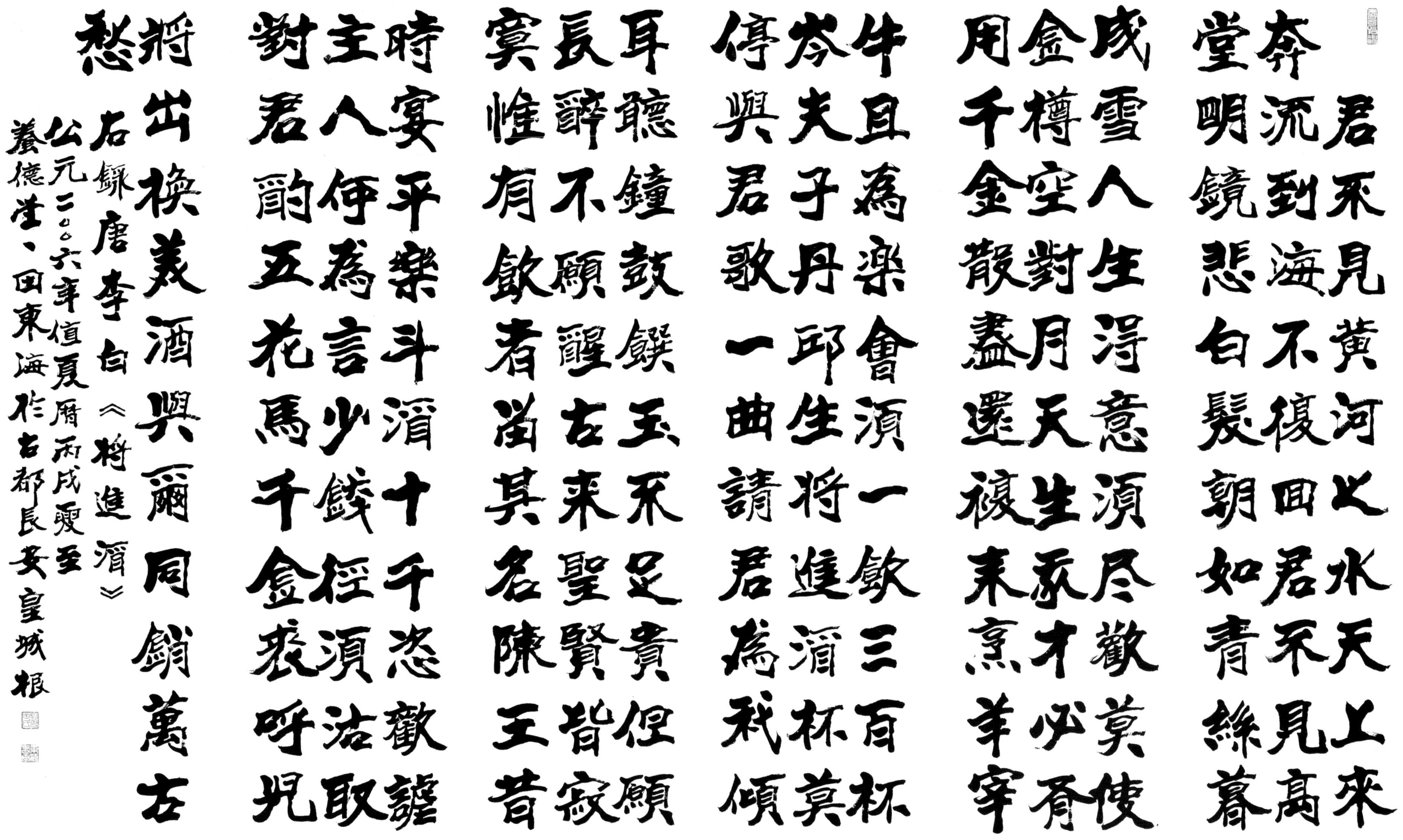
君不見黄河之水天上來
奔流到海不復回君不見高
堂明鏡悲白髮朝如青絲暮
成雪人生得意須盡歡莫使
金樽空對月天生我材必有
用千金散盡還復來烹羊宰
牛且為樂會須一飲三百杯
岑夫子丹邱生將進酒杯莫
停與君歌一曲請君為我傾
耳聽鐘鼓饌玉不足貴但願
長醉不願醒古來聖賢皆寂
寞惟有飲者留其名陳王昔
時宴平樂斗酒十千恣歡謔
主人何為言少錢徑須沽取
對君酌五花馬千金裘呼兒
將出換美酒與爾同銷萬古
愁
右錄唐李白《將進酒》
公元二〇〇六年值夏曆丙戌夏至
養德堂、田東海於古都長安皇城根

魏碑李白·将进酒 180cm×46cm×6 田东海

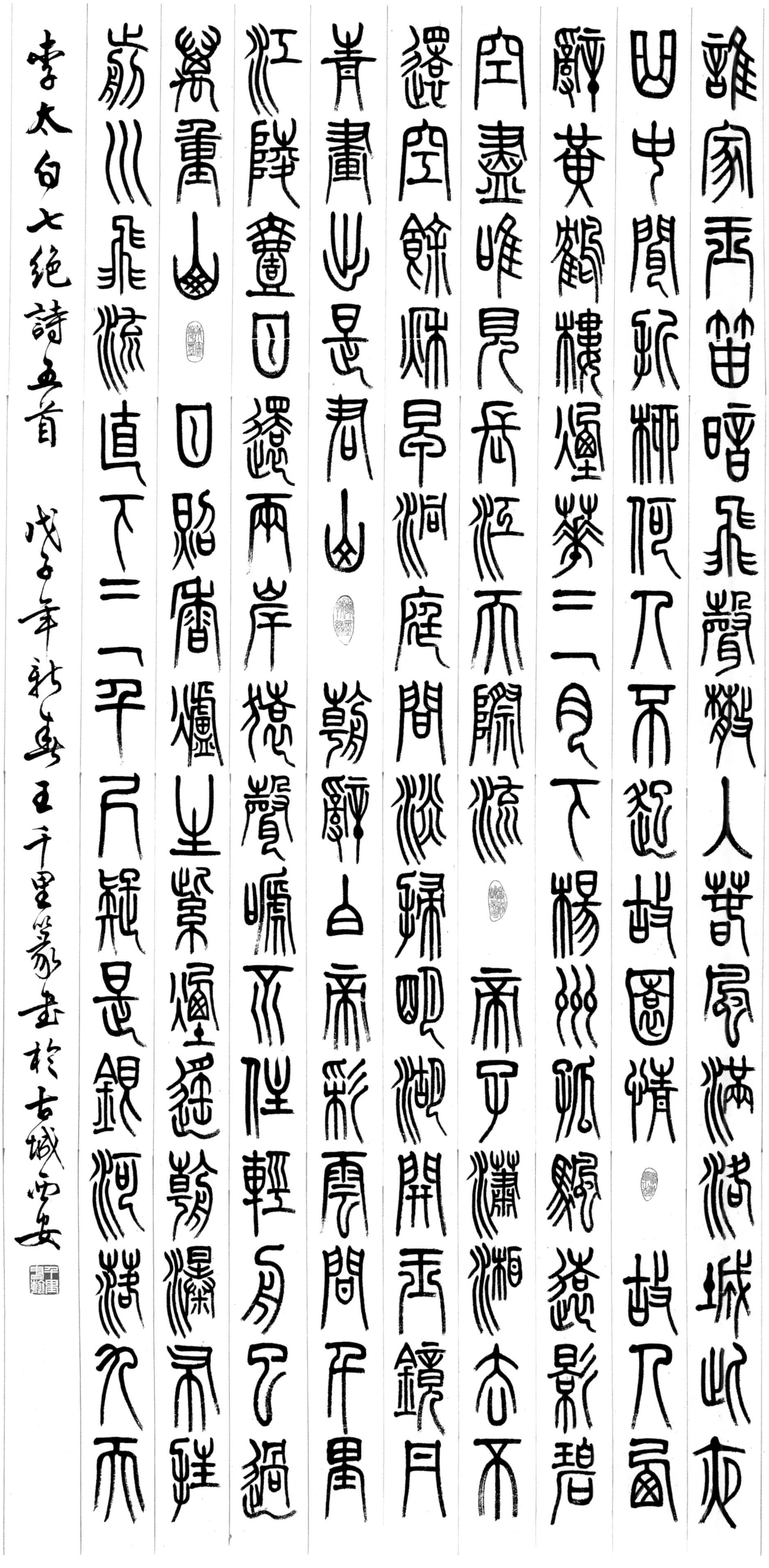

篆书李白·七绝五首
180cm×97cm
王千里

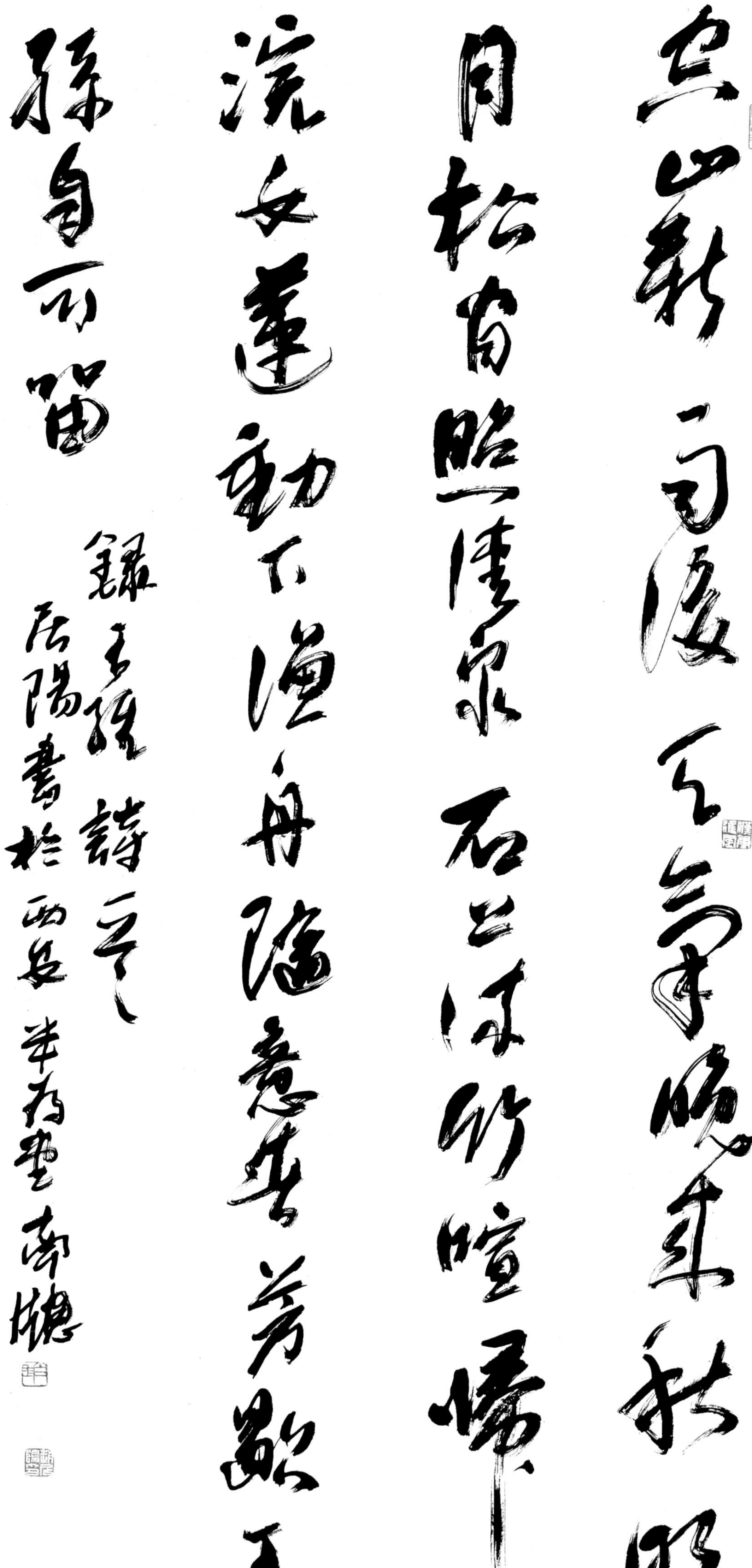

行书王维·山居秋暝
180cm×97cm
赵居阳

隶书徐寅·雁塔题名怀古
180cm×97cm
张范九

隶书杜甫·春夜喜雨
180cm×97cm
刘培民

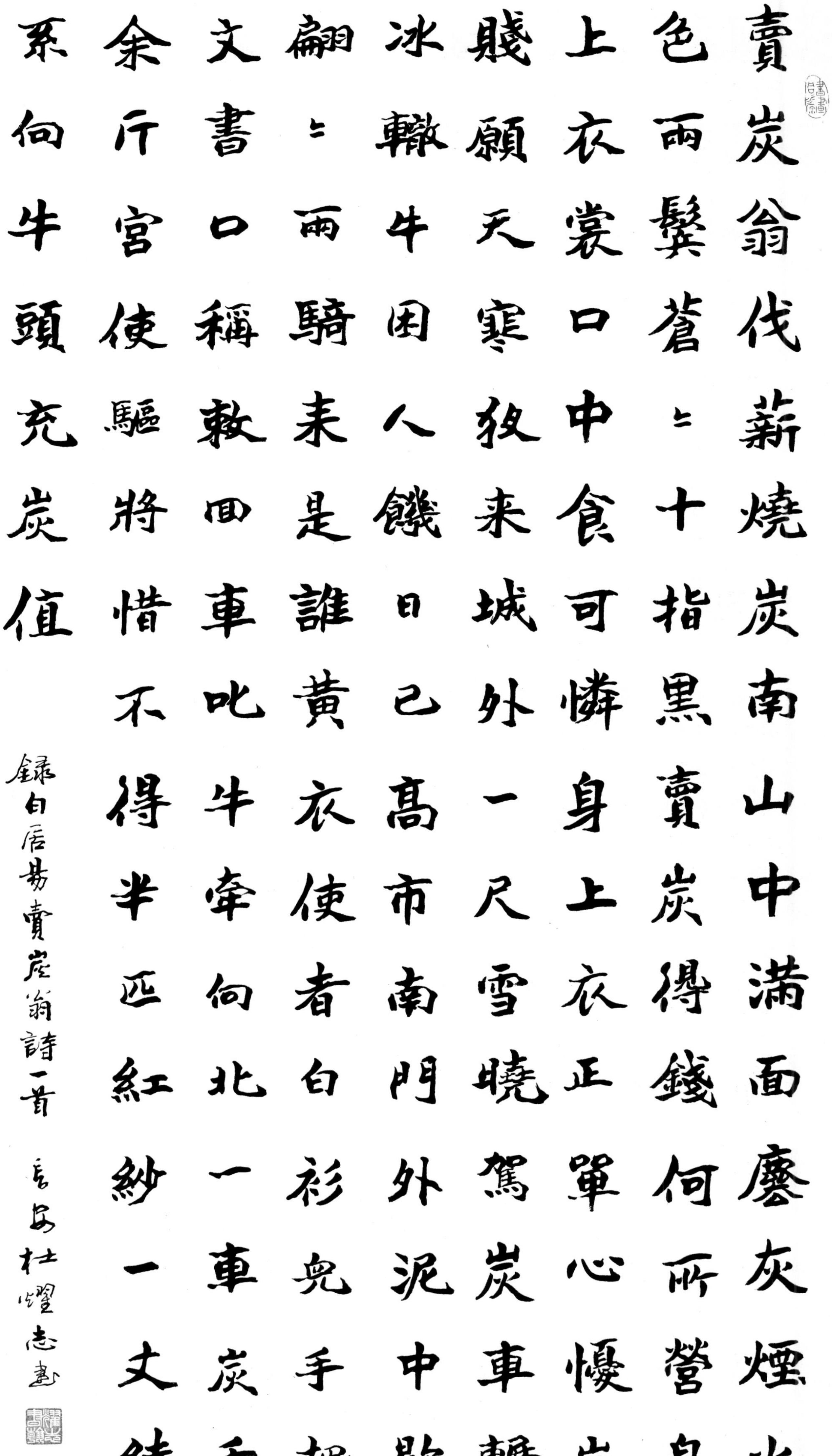
賣炭翁伐薪燒炭南山中滿面塵灰煙火
色兩鬢蒼蒼十指黑賣炭得錢何所營身
上衣裳口中食可憐身上衣正單心憂炭
賤願天寒夜来城外一尺雪曉駕炭車輾
冰轍牛困人饑日已高市南門外泥中歇
翩翩兩騎来是誰黃衣使者白衫兒手把
文書口稱敕回車叱牛牽向北一車炭千
余斤宮使驅將惜不得半匹紅紗一丈綾
系向牛頭充炭值
錄白居易賣炭翁詩一首
長安杜耀志書

魏碑白居易·卖炭翁
180cm×97cm
杜耀志

篆书韩愈·示侄诗
180cm×48cm
李克昌

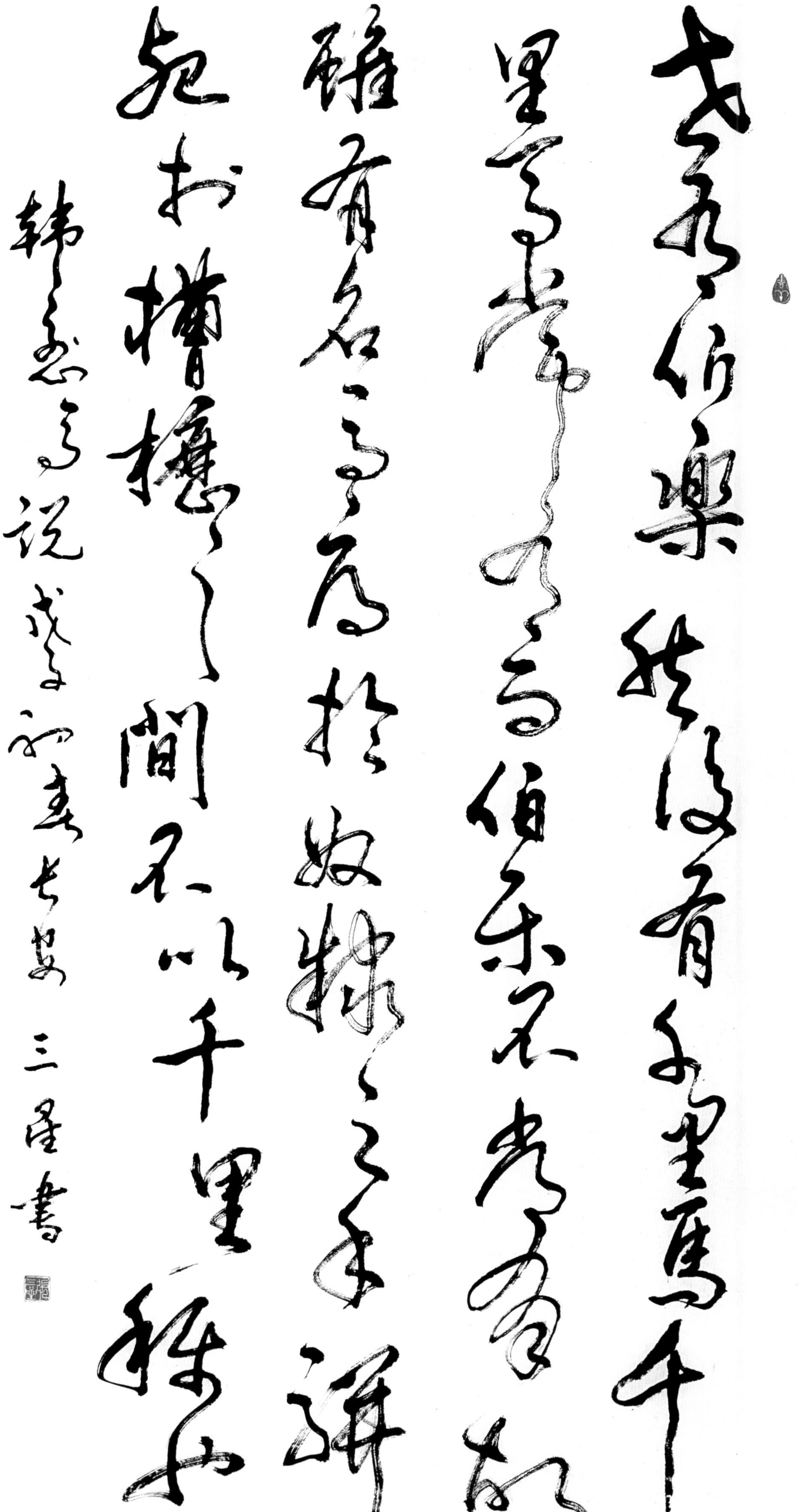

行书韩愈·马说
180cm×97cm
张三星

行书李商隐·无题
180cm×97cm
魏良

行书杜牧·阿房宫赋 180cm×46cm×12 白云腾

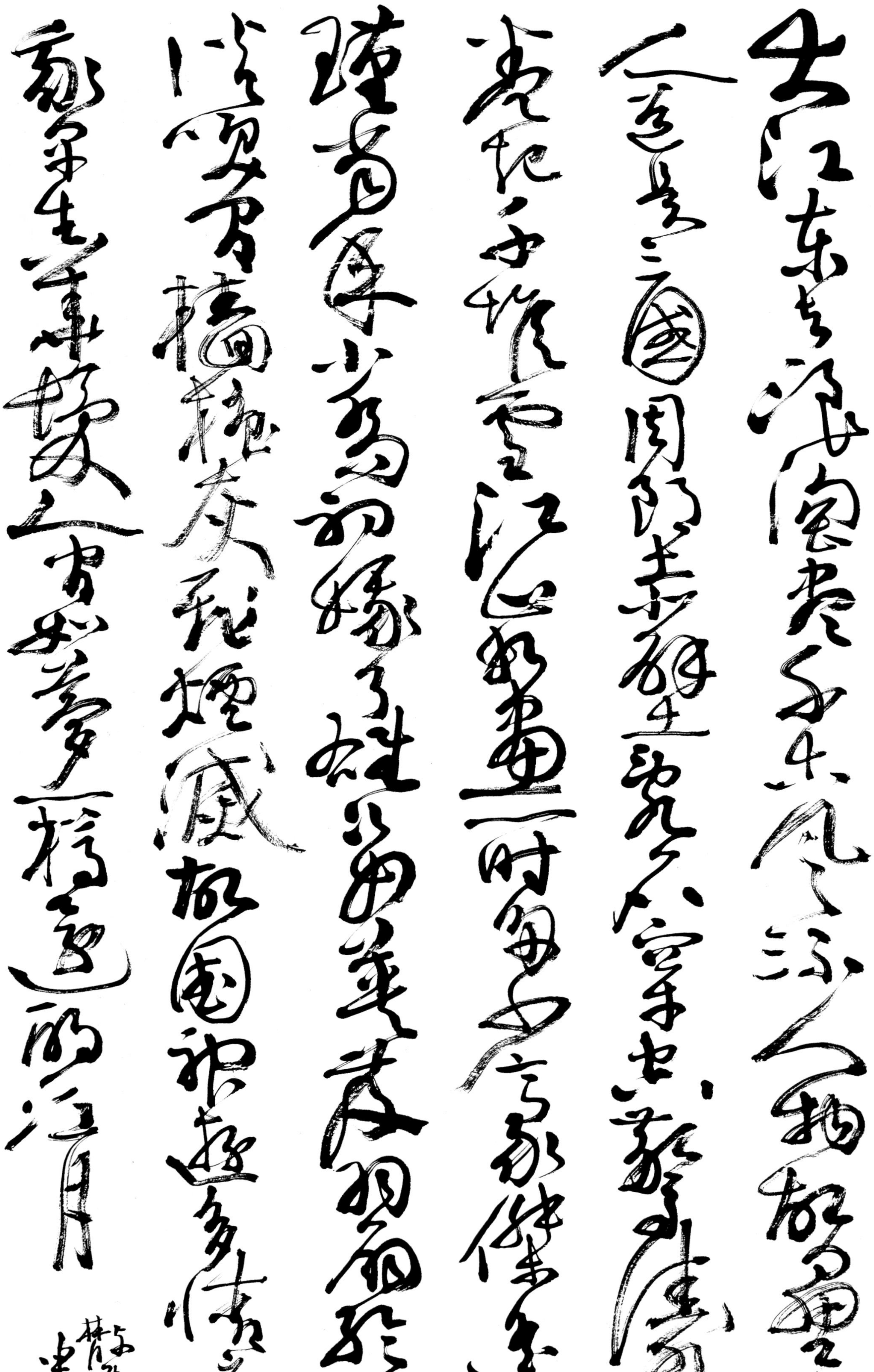

草书苏轼·赤壁怀古
180cm×97cm
申甫君

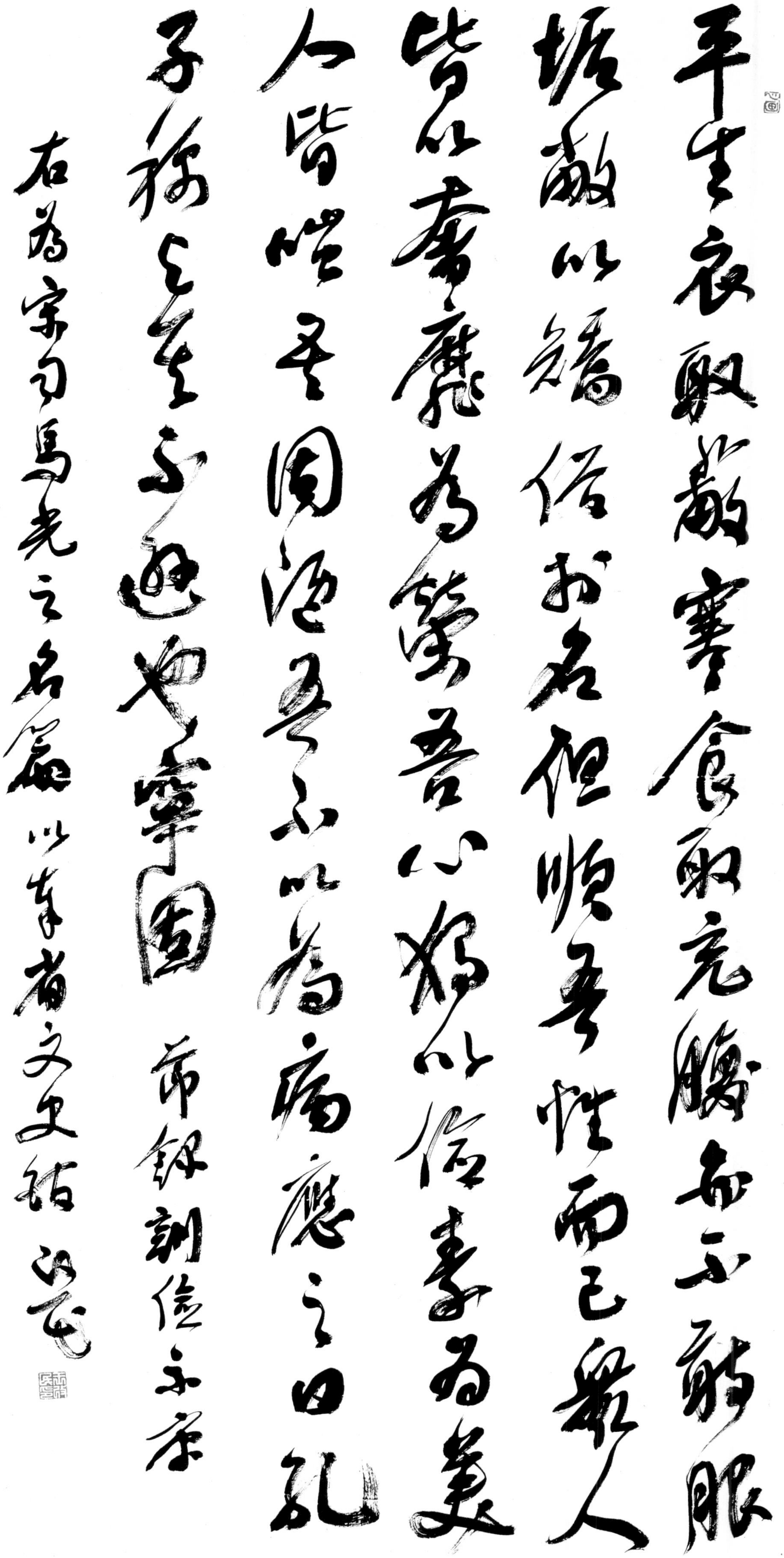
平生衣取蔽寒食取充腹亦不敢服垢敝以矫俗干名但顺吾性而已众人皆以奢靡为荣吾心独以俭素为美人皆嗤吾固陋吾不以为病应之曰孔子称与其不逊也宁固
节录训俭示康

行书司马光·训俭示康
180cm×97cm
王改民

薄霧濃雲愁永晝，瑞腦銷金獸。佳節又重陽，玉枕紗廚，半夜涼初透。東籬把酒黃昏後，有暗香盈袖。莫道不銷魂，簾卷西風，人比黃花瘦。

醉花陰 重九 李清照詞 歲次戊子年春月篆書於古城長安南郊 王崇人

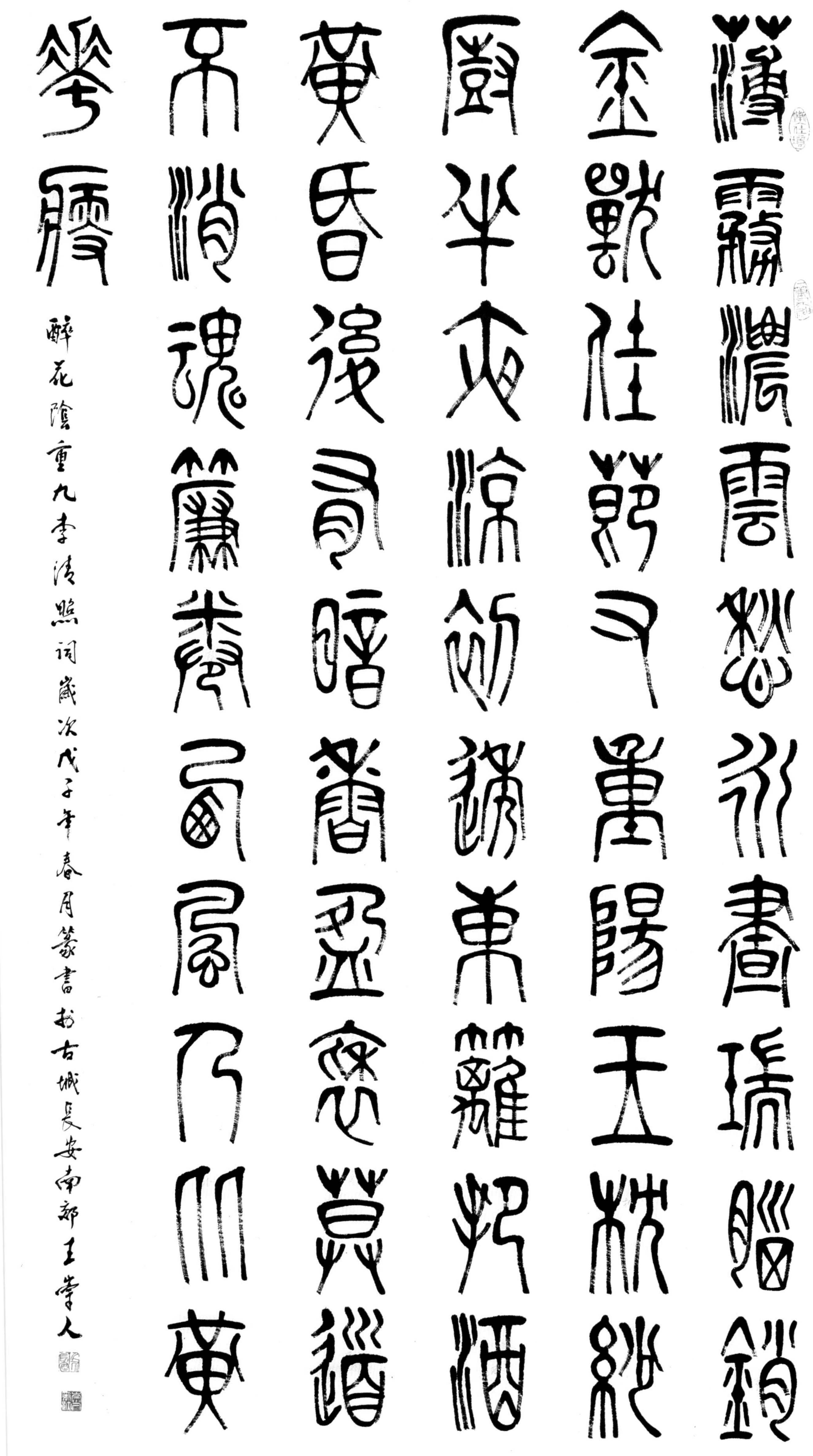

篆书李清照·重九
180cm×97cm
王崇人

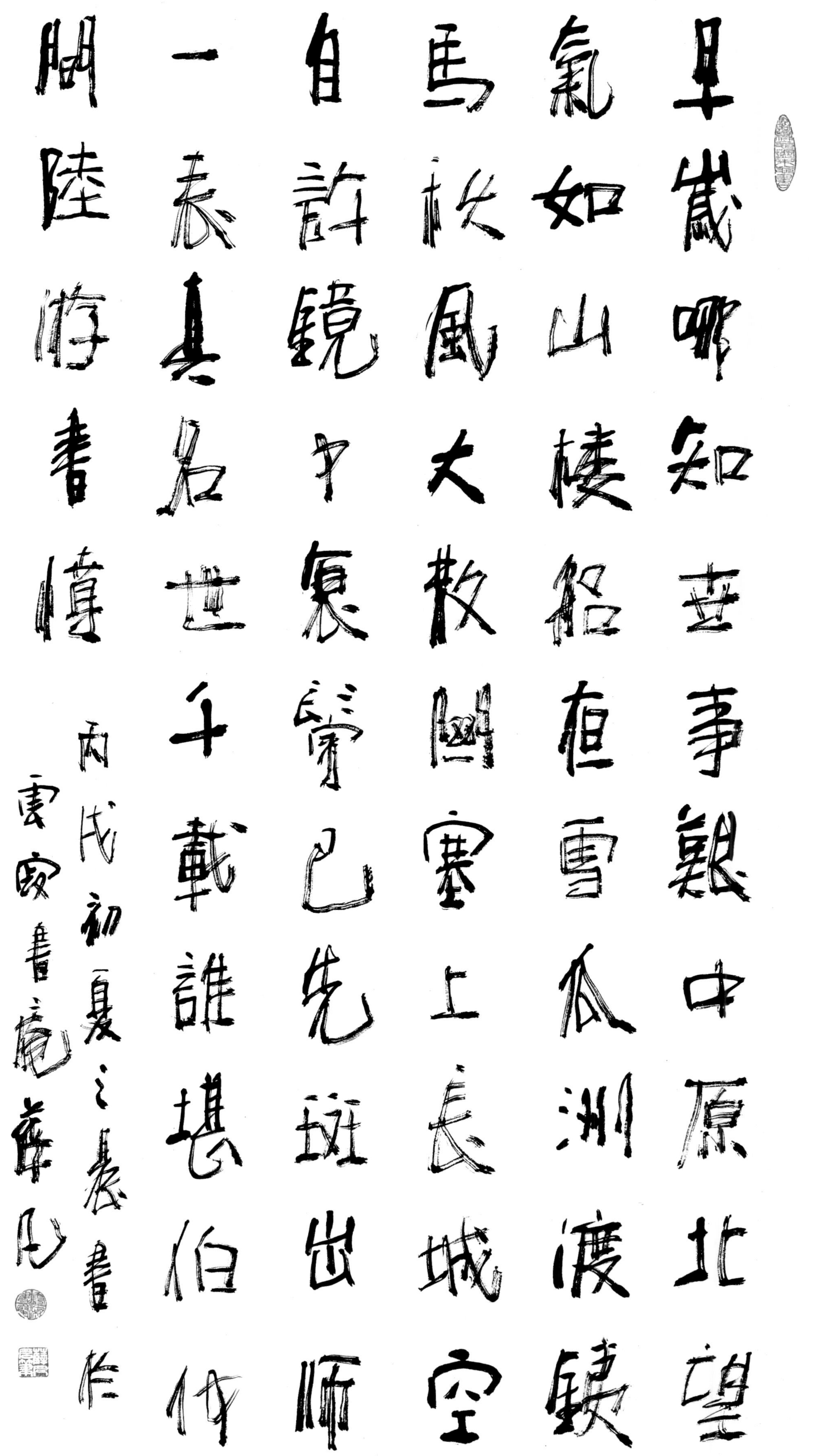
早歲哪知世事艱中原北望
氣如山樓船夜雪瓜洲渡鐵
馬秋風大散關塞上長城空
自許鏡中衰鬢已先斑出師
一表真名世千載誰堪伯仲
間陸游書憤

行书陆游·书愤
180cm×97cm
薛凡

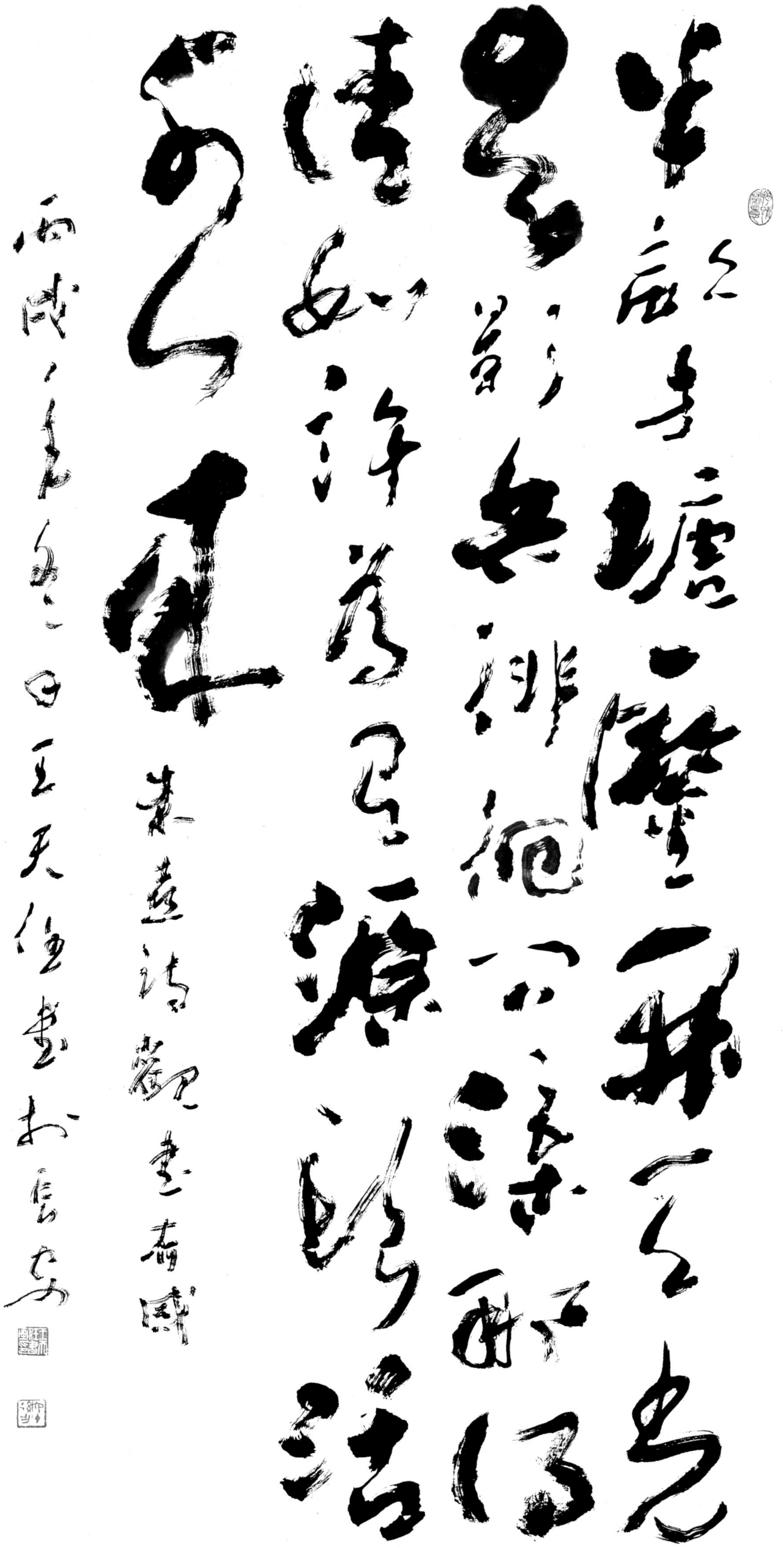

草书朱熹·观书有感
180cm×97cm
王天任

黎明即起洒扫庭除要内外整洁既昏便息关锁门户必亲自检点
一粥一饭当思来处不易半丝半缕恒念物力维艰宜未雨而绸缪
毋临渴而掘井自奉必须俭约宴客切勿流连器具质而洁瓦缶胜
金玉饮食约而精园蔬愈珍馐勿营华屋勿谋良田三姑六婆实淫
盗之媒婢美妾娇非闺房之福童仆勿用俊美妻妾切忌艳妆祖宗

虽远祭祀不可不诚子孙虽愚经书不可不读居身务期质朴教子
要有义方勿贪意外之财勿饮过量之酒与肩挑贸易毋占便宜见
贫苦亲邻须加温恤刻薄成家理无久享伦常乖舛立见消亡兄弟
叔侄须分多润寡长幼内外宜法肃辞严听妇言乖骨肉岂是丈夫
重资财薄父母不成人子嫁女择佳婿毋索重聘娶媳求淑女勿计

厚奁见富贵而生谄容者最可耻见贫穷而作骄态者贱莫甚居家
戒争讼则终凶处世戒多言言多必失毋恃势力而凌逼孤寡毋贪口
腹而恣杀牲禽乖僻自是悔误必多颓惰自甘家道难成
狎昵恶少久必受其累屈志老成急则可相依轻听发言安知非人之谮诉当
忍耐三思因事相争焉知非我之不是须平心暗想施惠无念受恩

莫忘凡事当留余地得意不宜再往人有喜庆不可生妒忌心人有
祸患不可生喜幸心善欲人见不是真善恶恐人知便是大恶见色
而起淫心报在妻女匿怨而用暗箭祸延子孙家门和顺虽饔飧不
继亦有余欢国课早完即囊橐无余自得至乐读书志在圣贤为官
心存君国守分安命顺时听天为人若此庶乎近焉

朱柏庐先生治家格言
恭颂戊戌徐福庵书

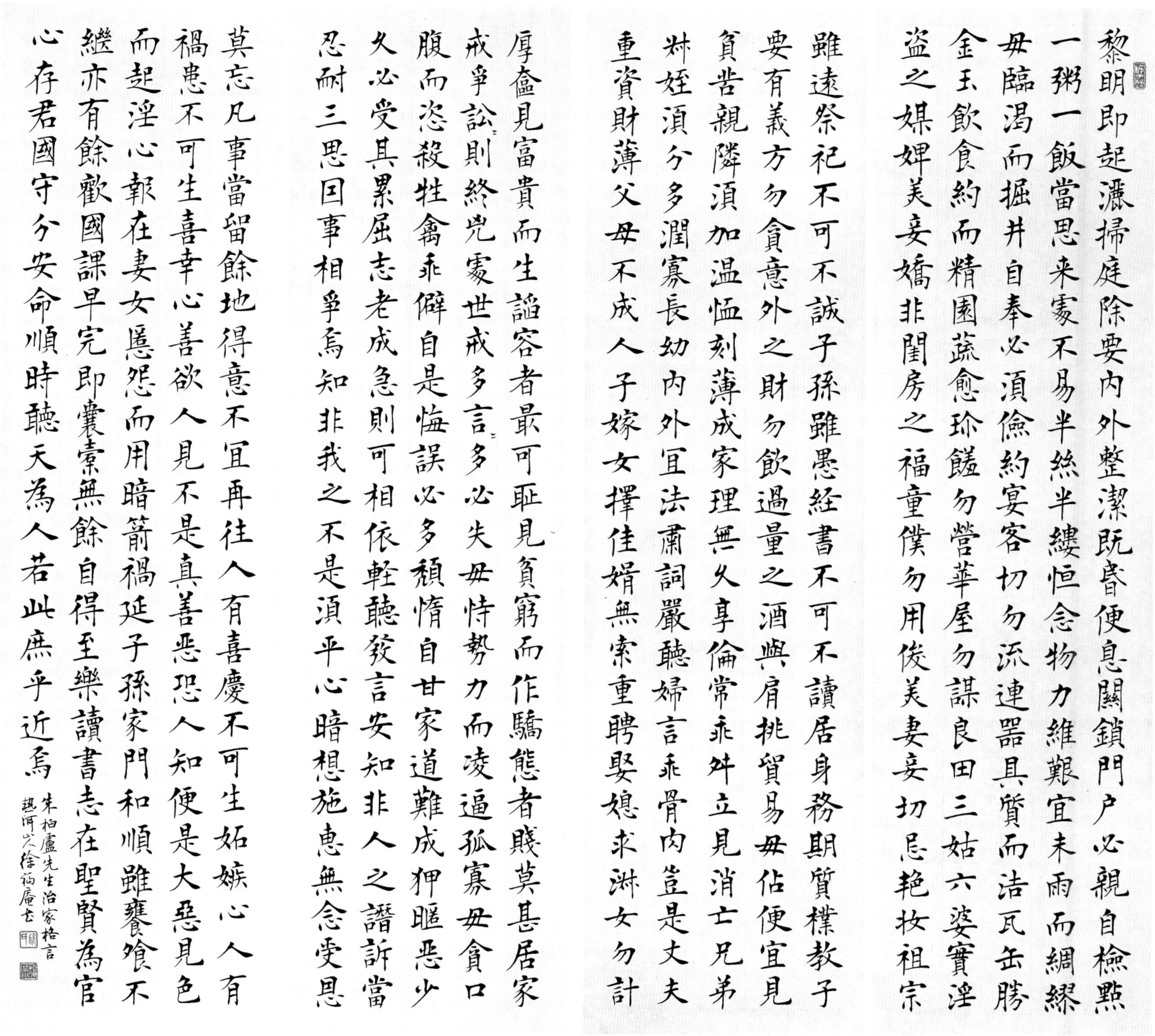

楷书朱熹·治家格言　180cm×97cm×2　徐福庵

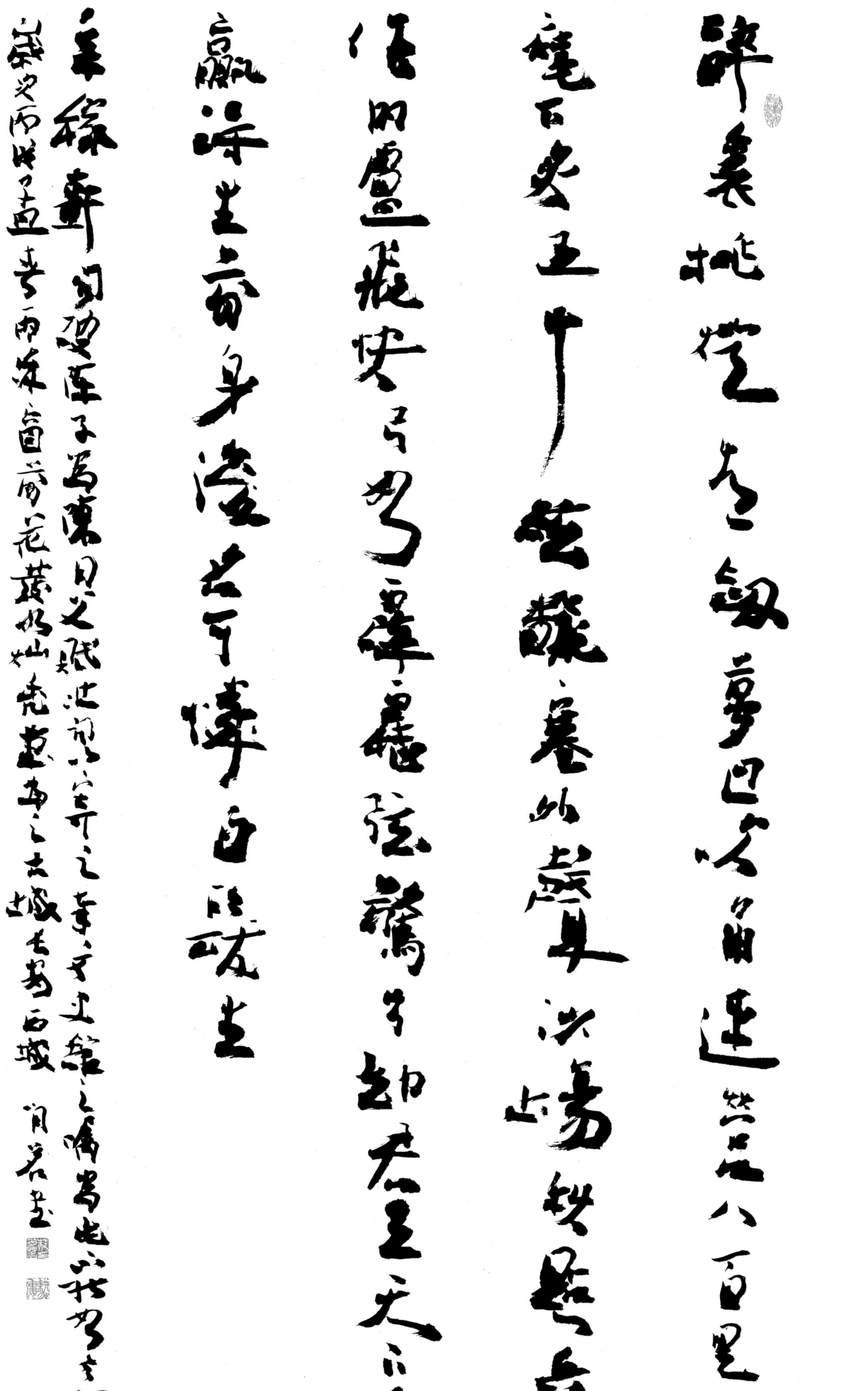
醉里挑灯看剑梦回吹角连营八百里分
麾下炙五十弦翻塞外声沙场秋点兵
马作的卢飞快弓如霹雳弦惊了却君王天下事
赢得生前身后名可怜白发生

草书辛弃疾·破阵子
180cm×97cm
郝晓明

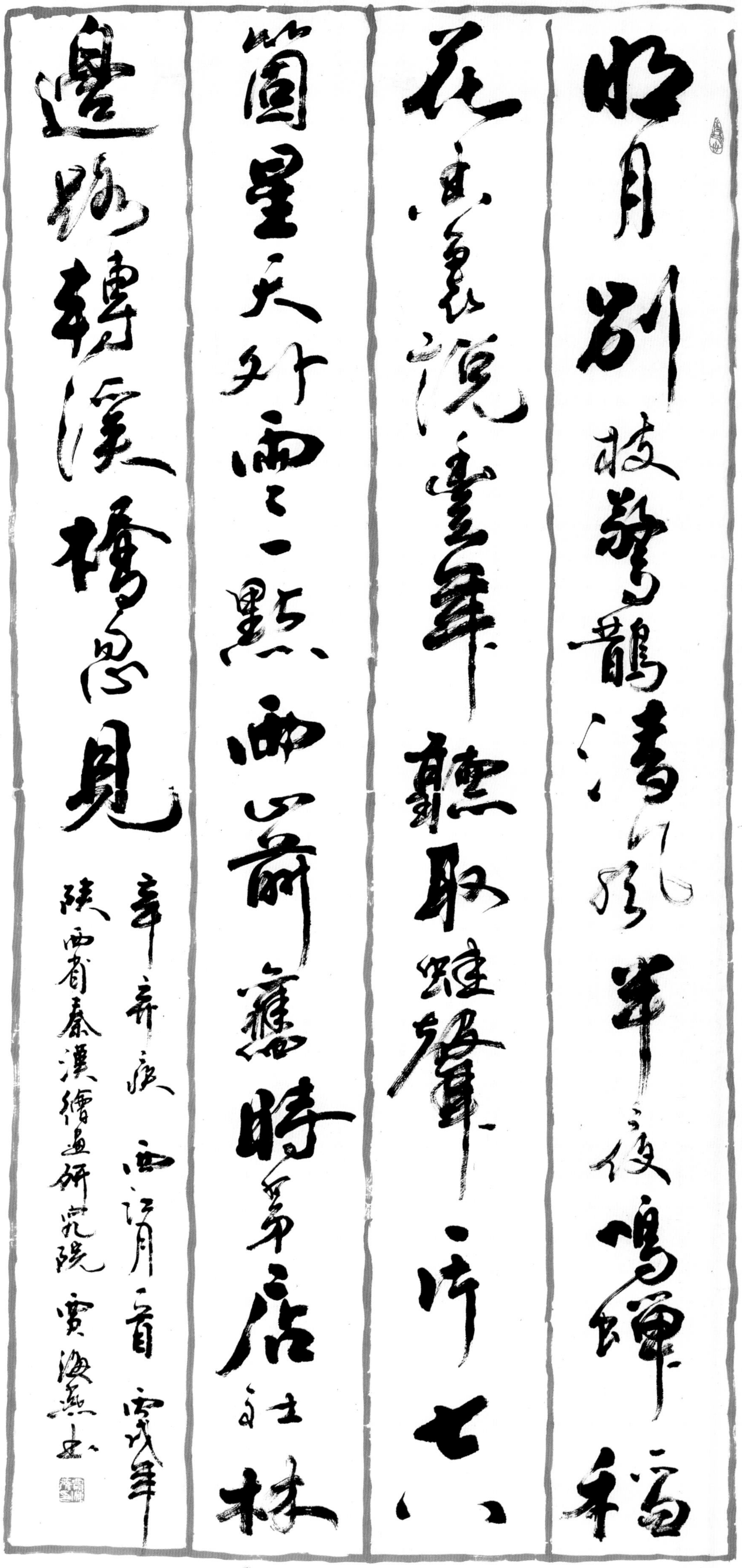

行书辛弃疾・西江月
180cm×97cm
贾海燕

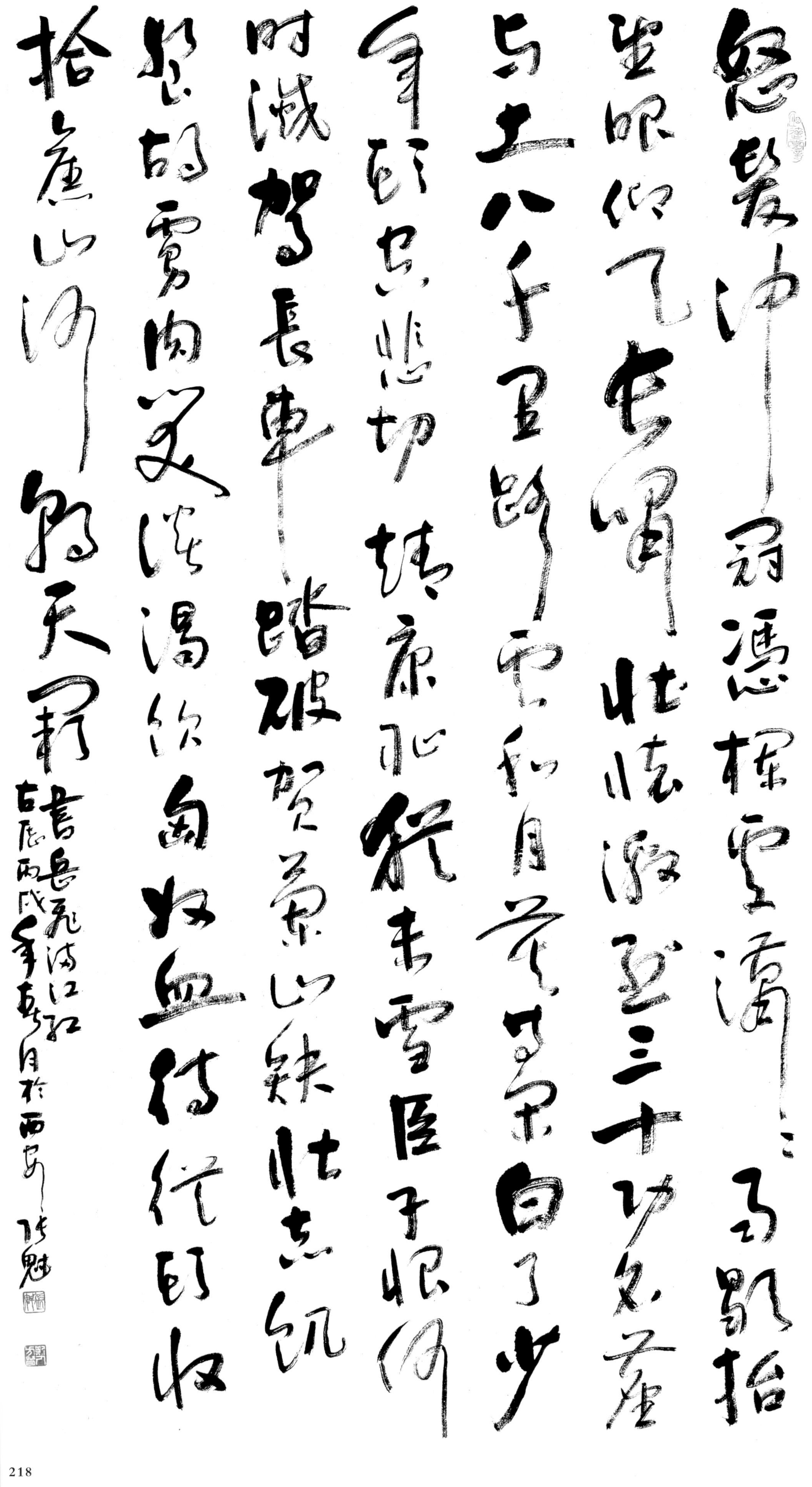

草书岳飞·满江红

180cm×97cm

张魁

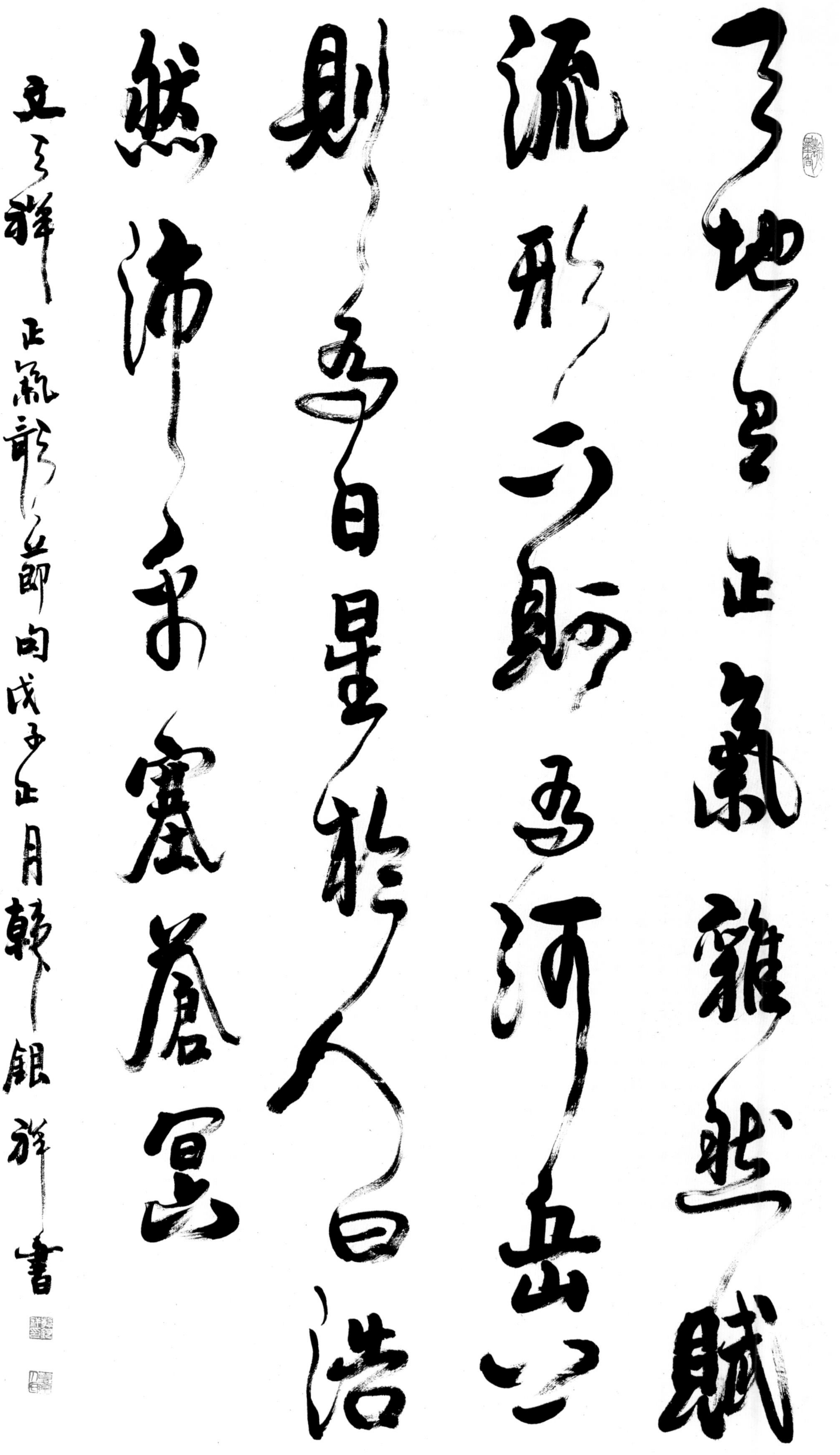

行书文天祥·正气歌
180cm×97cm
韩银祥

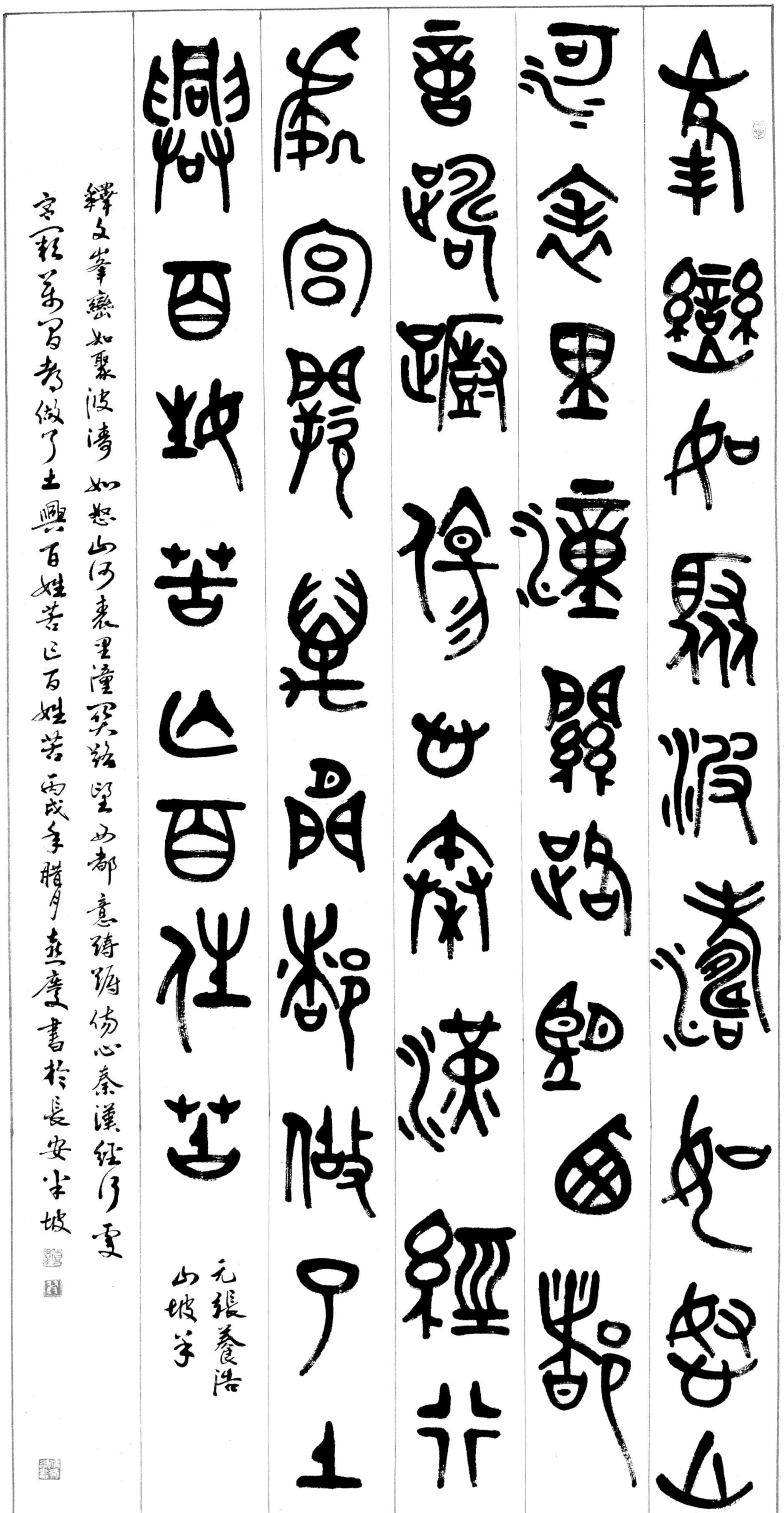
元張養浩山坡羊
釋文：峯巒如聚波濤如怒山河表裏潼關路望西都意躊躇傷心秦漢經行處宮闕萬間都做了土興百姓苦亡百姓苦
丙戌年臘月喜慶書於長安半坡

篆书张养浩·山坡羊
180cm×97cm
缪喜庆

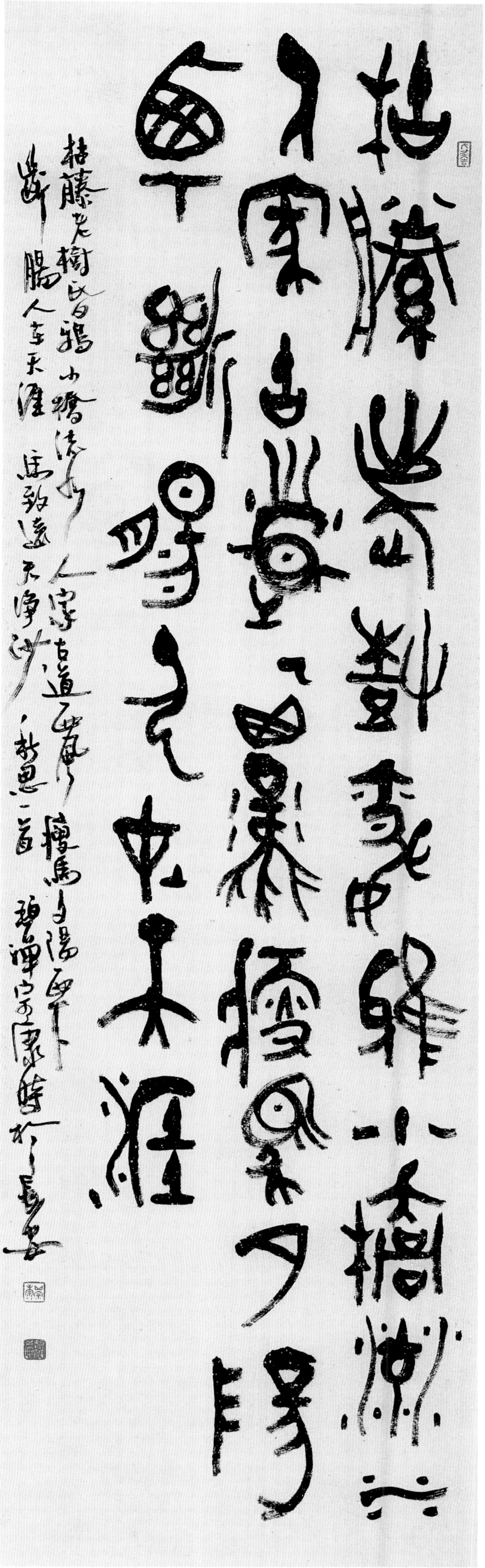

篆书马致远·天净沙
180cm×48cm
邱宗康

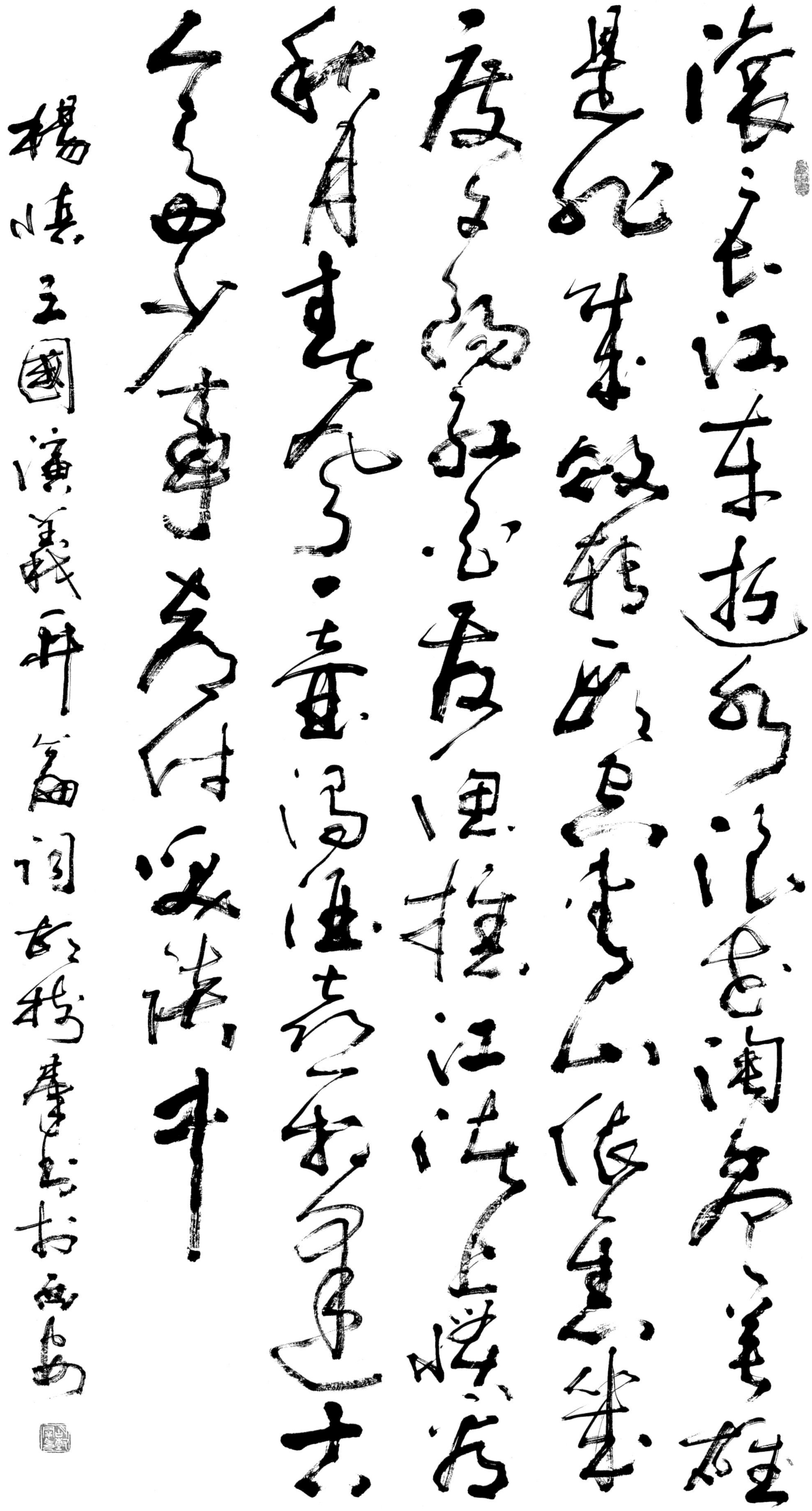

行书杨慎·临江仙
180cm×97cm
胡树群

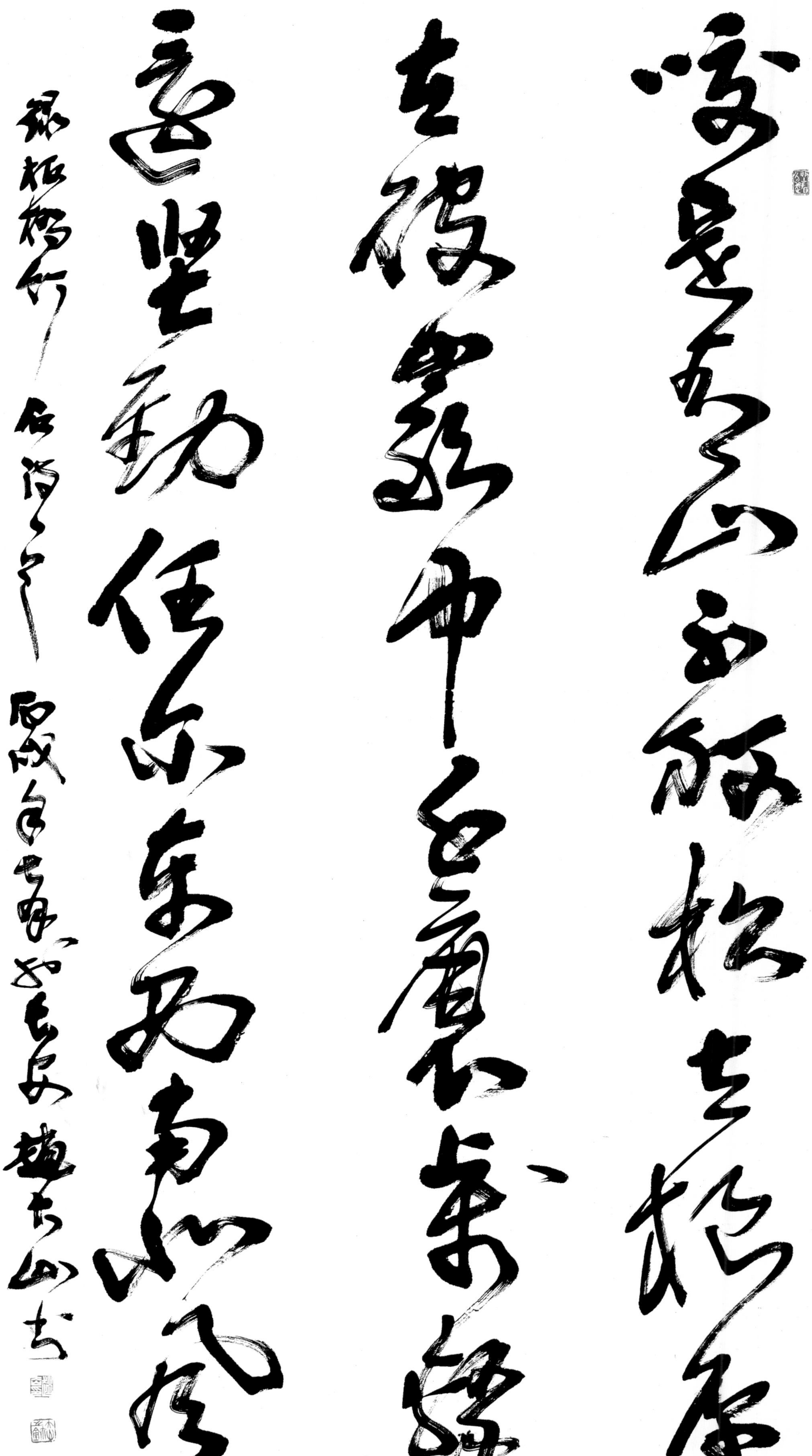

行书郑板桥·竹石诗
180cm×97cm
赵大山

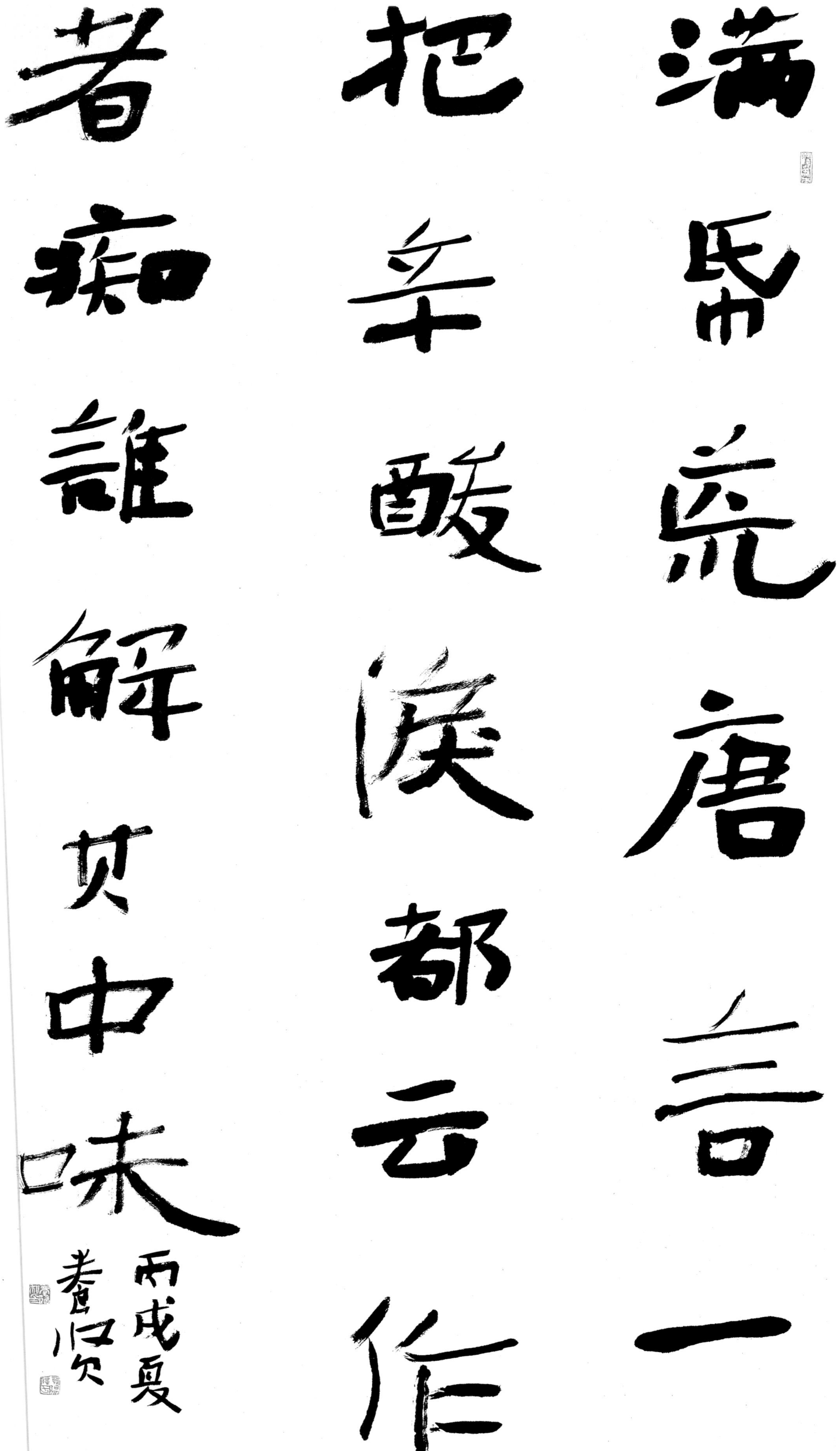

行书曹雪芹·红楼梦诗
180cm×97cm
薛养贤

力微任重久神疲，再竭衰庸定不支。苟利国家生死以，岂因祸福避趋之。谪居正是君恩厚，养拙刚于戍卒宜。戏与山妻谈故事，试吟断送老头皮。

林则徐起戍登程口占示家人

映雪斋程岭梅书

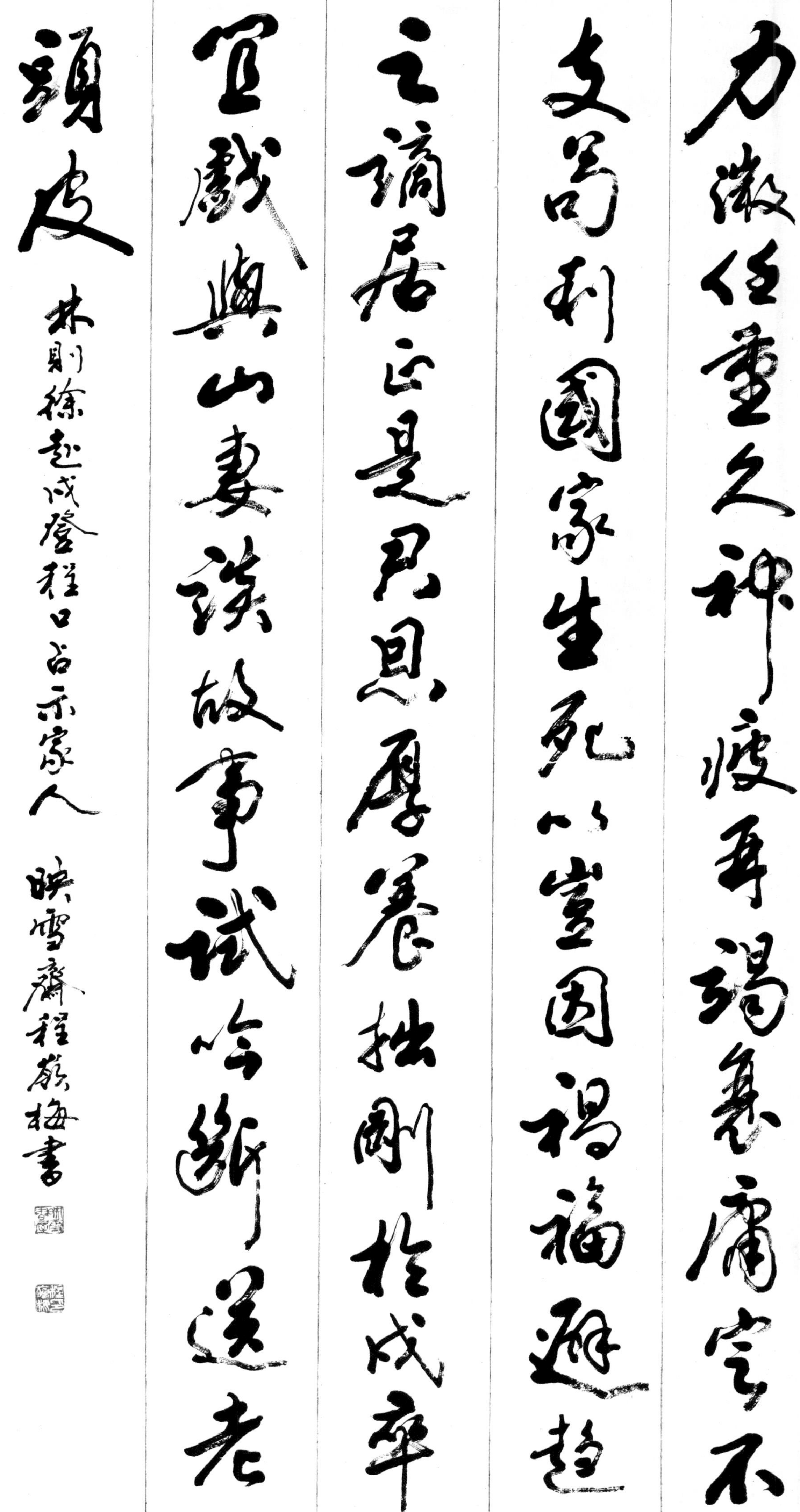

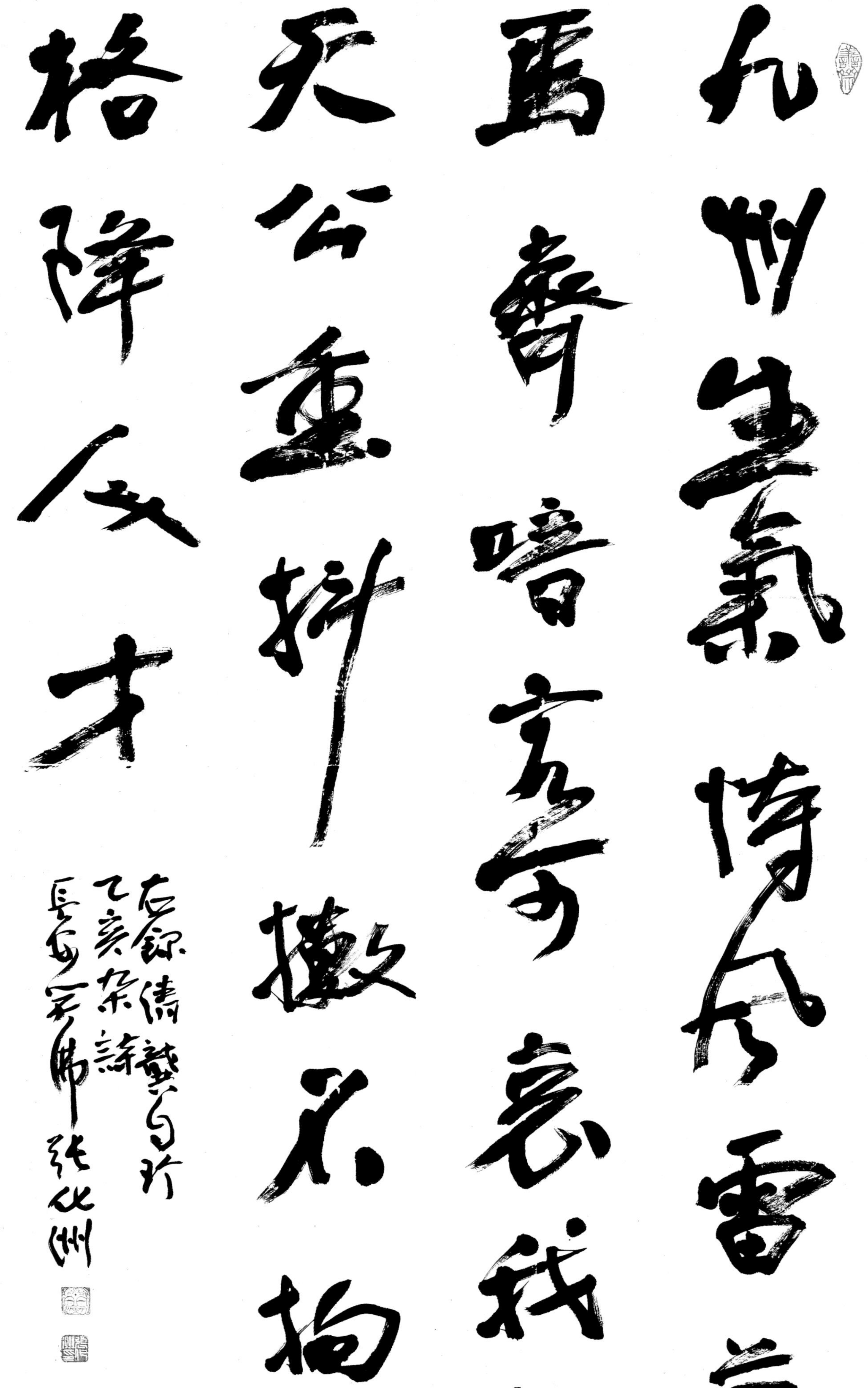
九州生氣恃風雷
萬馬齊喑究可哀
我勸天公重抖擻
不拘一格降人才

行书龚自珍·已亥杂诗
180cm×97cm
张化洲

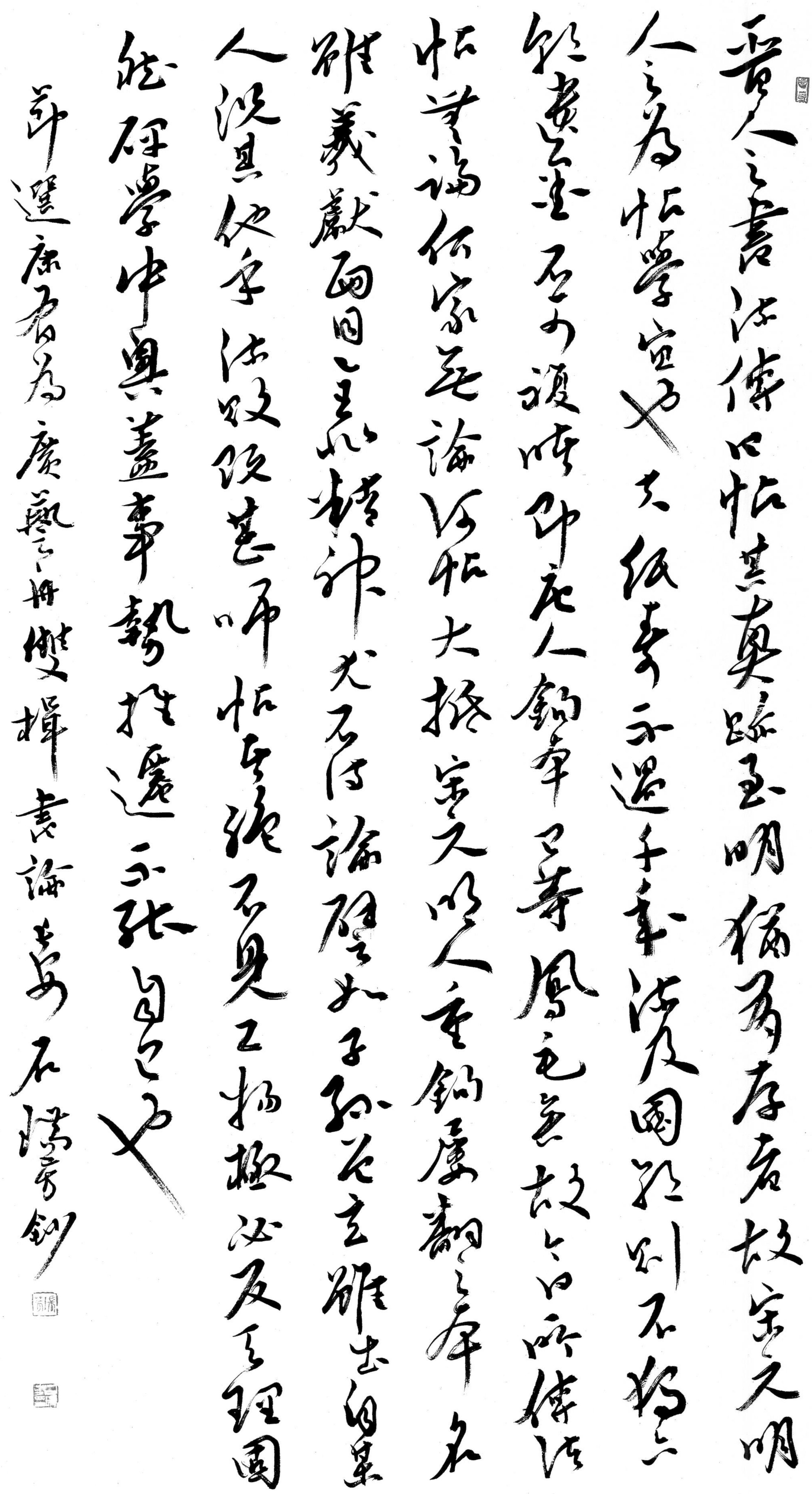

行书康有为·广艺舟双楫
180cm×97cm
石瑞芳

望门投止思張儉
忍死須臾待杜根
我自横刀向天笑
去留肝膽兩崑崙
譚嗣同 獄中題壁
丙戌孟夏王依仁

楷书谭嗣同 · 狱中题壁
180cm×97cm
王依仁

余致力國民革命凡四十年其目的在求中國之自由
平等積四十年之經驗深知欲達到此目的必須喚起民衆
及聯合世界上以平等待我之民族共同奮鬥現在革命
尚未成功凡我同志務須依照余所著建國方略建國大
綱三民主義及第一次全國代表大會宣言繼續努力以
求貫徹最近主張開國民會議及廢除不平等條約尤
須於最短期間促其實現是所至囑

敬錄孫中山總理遺囑
丙戌初夏於長安李傑民

行书孙中山・总理遗嘱
180cm×97cm
李杰民

萬里乘風去復來　只身東海挟春雷
忍看圖畫移顏色　肯使江山付劫灰
濁酒不銷憂國淚　救時應仗出群才
拼將十萬頭顱血　須把乾坤力挽回

秋瑾詩　蒼海舟中日人索句并見日俄戰爭地圖
丙戌長夏　少君書於西安

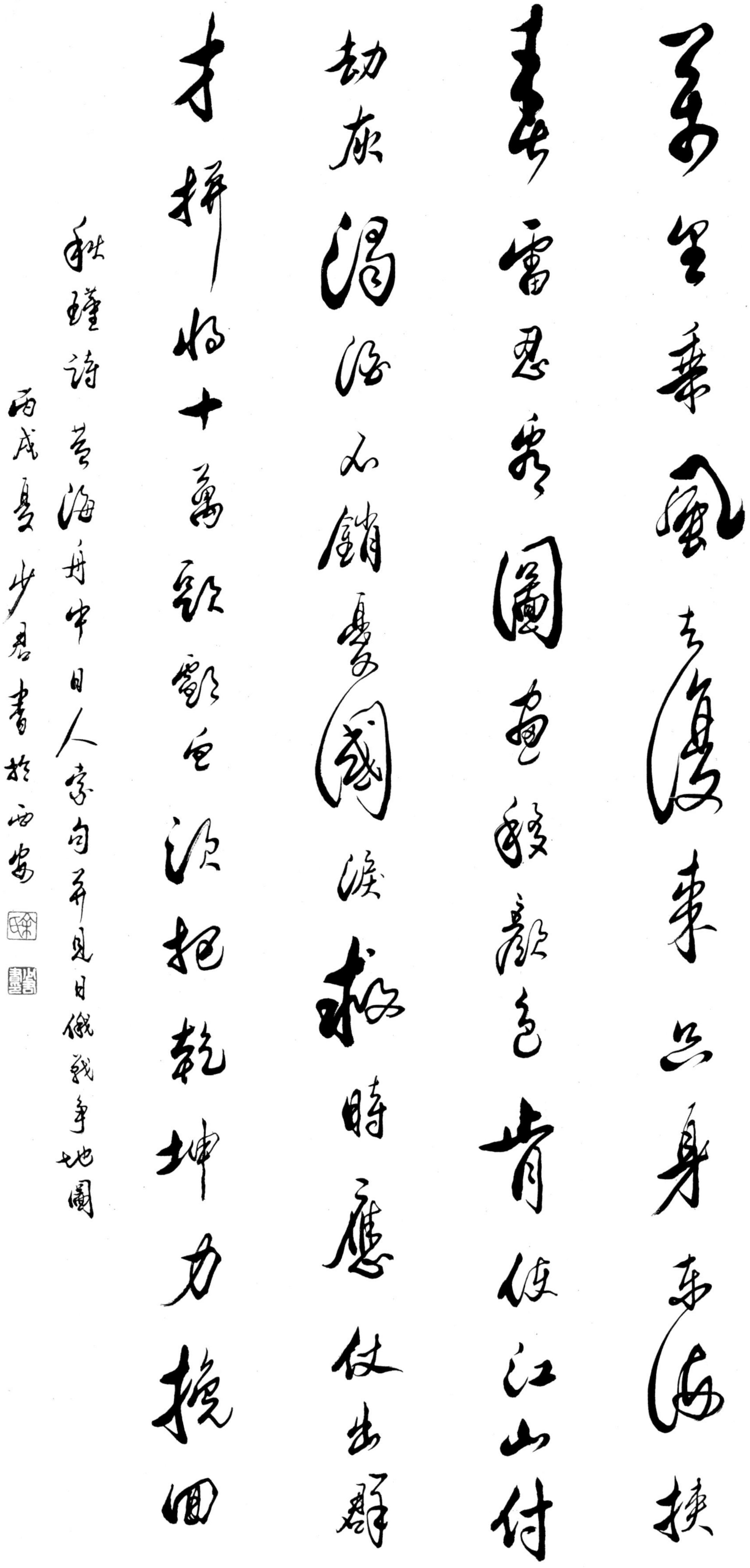

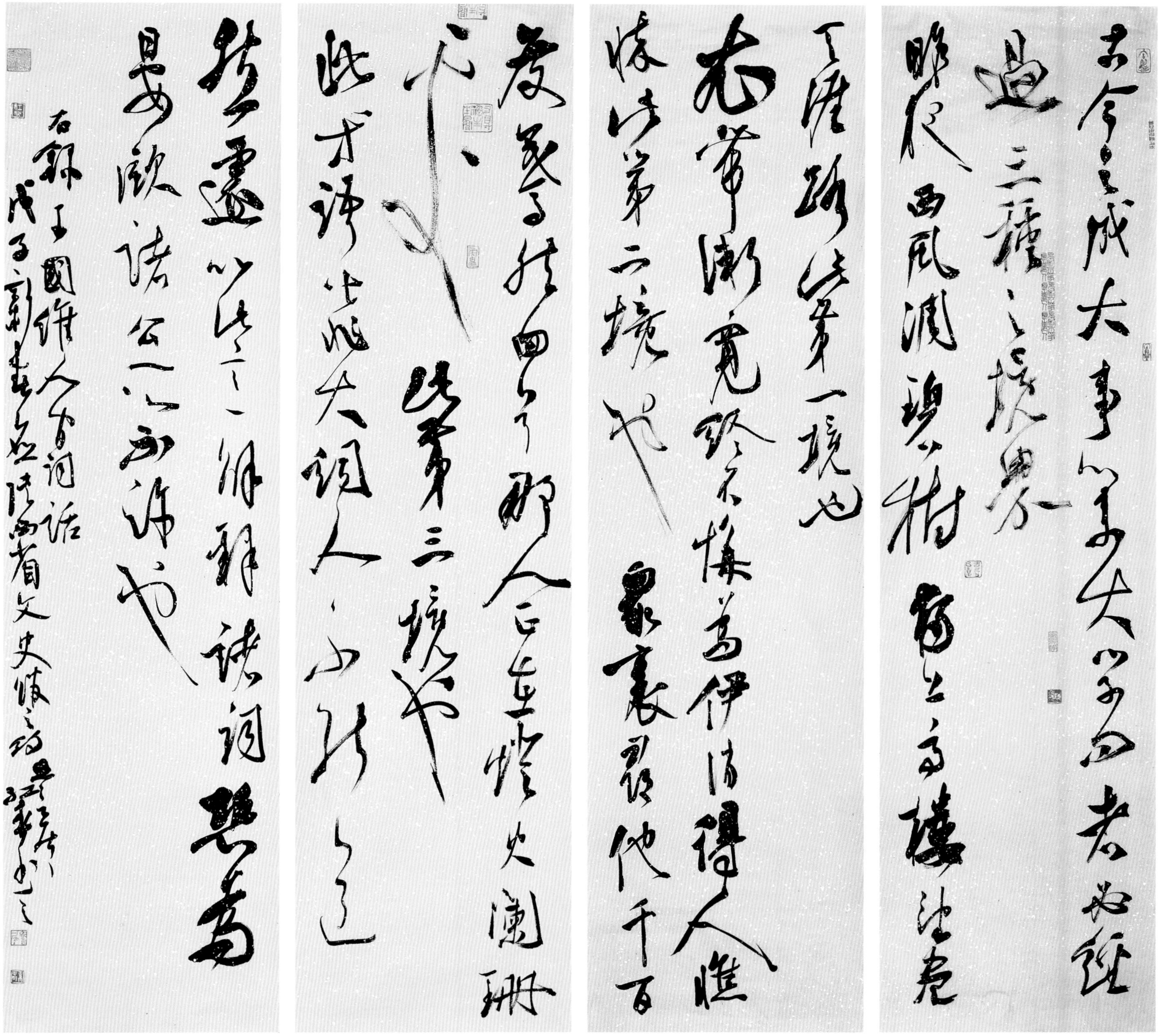

草书王国维·人间词话 180cm×97cm×2 张红春

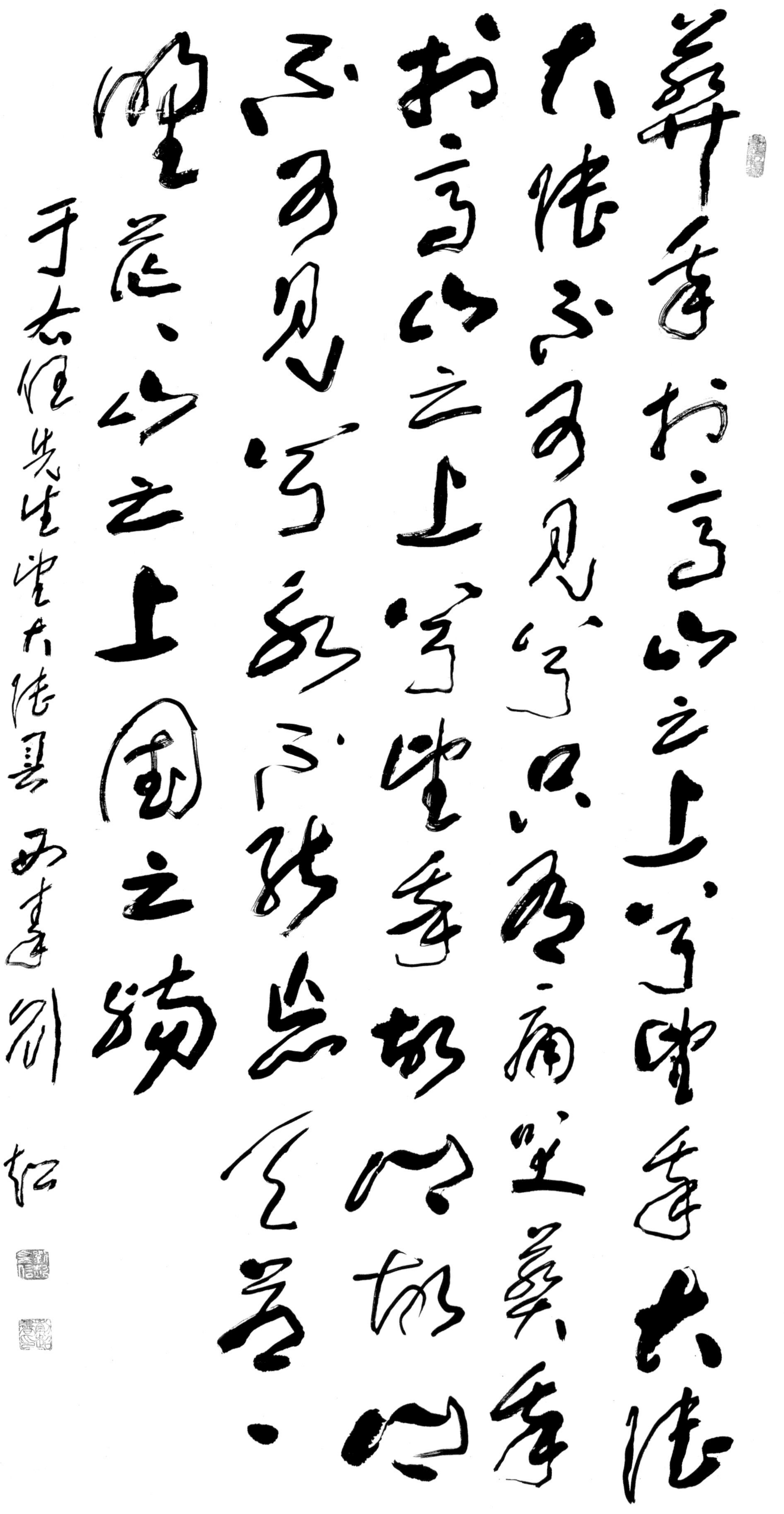

草书于右任·望大陆

180cm×97cm

刘超

灵台无计逃神矢
风雨如磐暗故园寄
意寒星荃不察我以
我血荐轩辕
鲁迅自题小像
余明伦

行书鲁迅·自题小像
180cm×97cm
余明伦

北国风光千里冰封万里雪飘望长城内外惟余莽莽大河上下顿失滔滔山舞银蛇原驰蜡象欲与天公试比高须晴日看红装素裹分外妖娆江山如此多娇引无数英雄竞折腰惜秦皇汉武略输文采唐宗宋祖稍逊风骚一代天骄成吉思汗只识弯弓射大雕俱往矣数风流人物还看今朝

行书毛泽东·沁园春·雪
180cm×97cm
吴三大

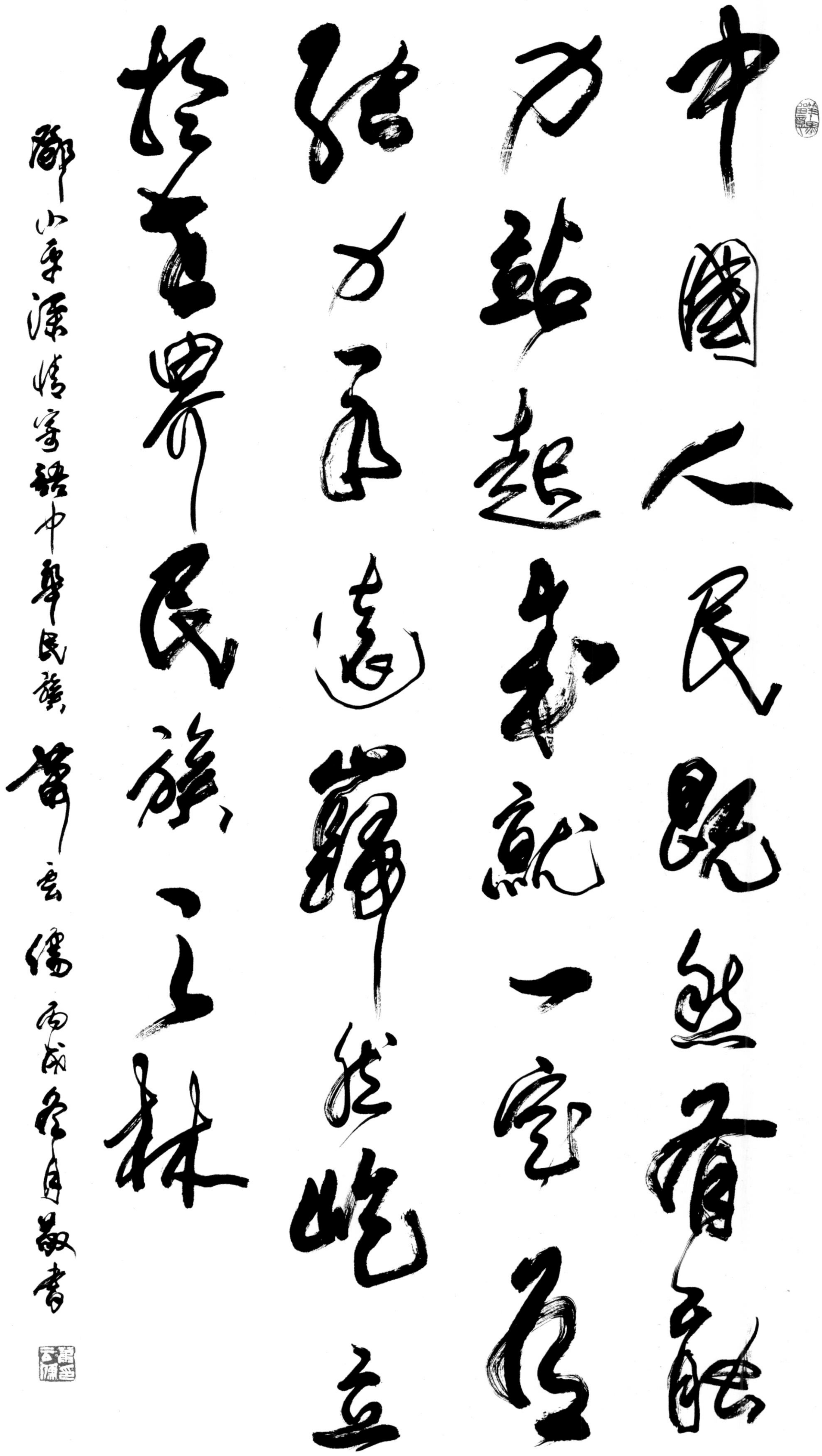
中國人民既然有能力站起來就一定有能力永遠巍然屹立於世界民族之林
鄧小平深情寄語中華民族 蕭雲儒丙戌冬月敬書

行书邓小平语录
180cm×97cm
萧云儒

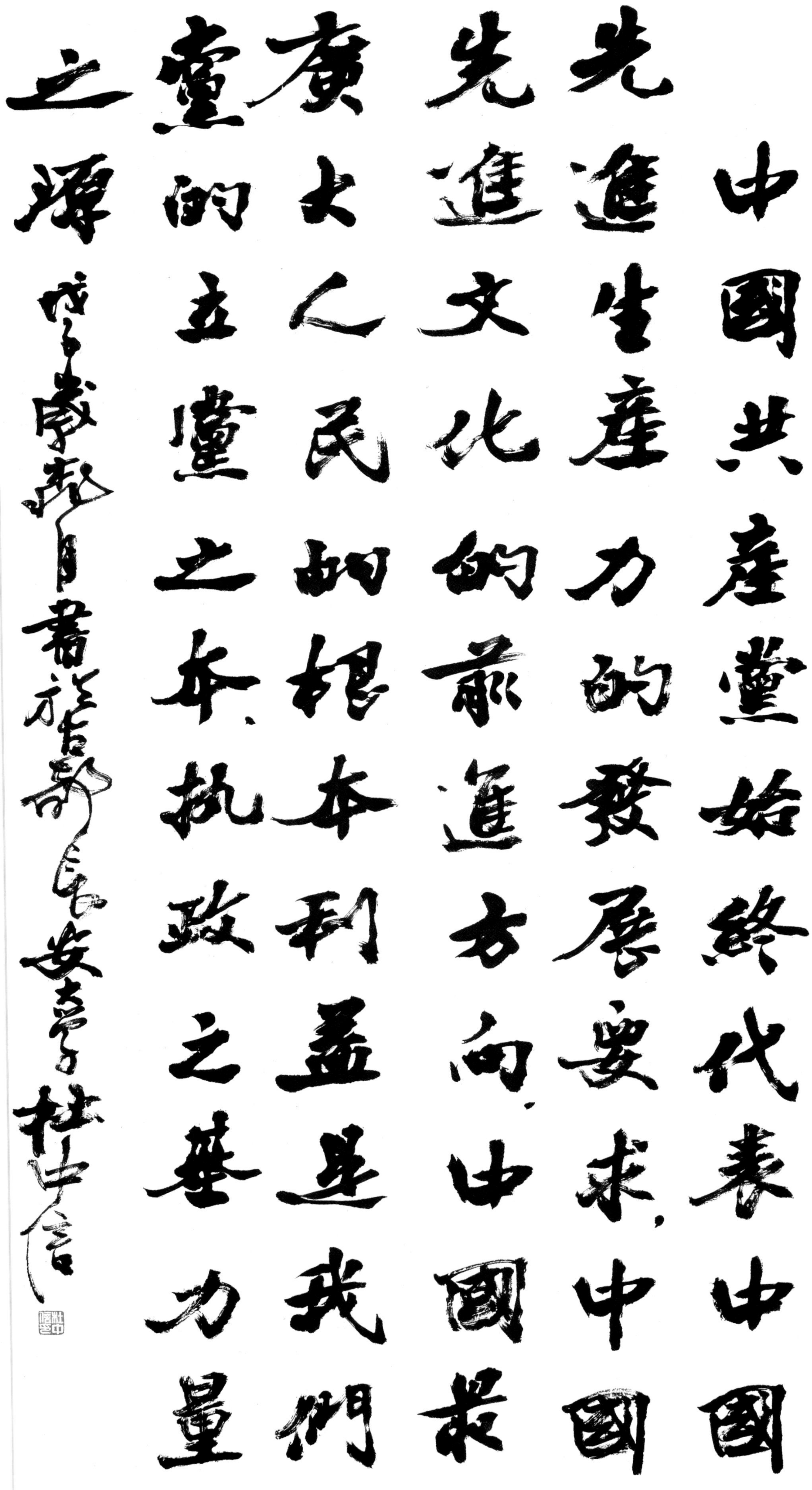
中國共產黨始終代表中國先進生產力的發展要求，中國先進文化的前進方向，中國最廣大人民的根本利益，是我們黨的立黨之本、執政之基、力量之源
戊子歲季秋月書於古都長安大學 杜中信

行书江泽民·三个代表
180cm×97cm
杜中信

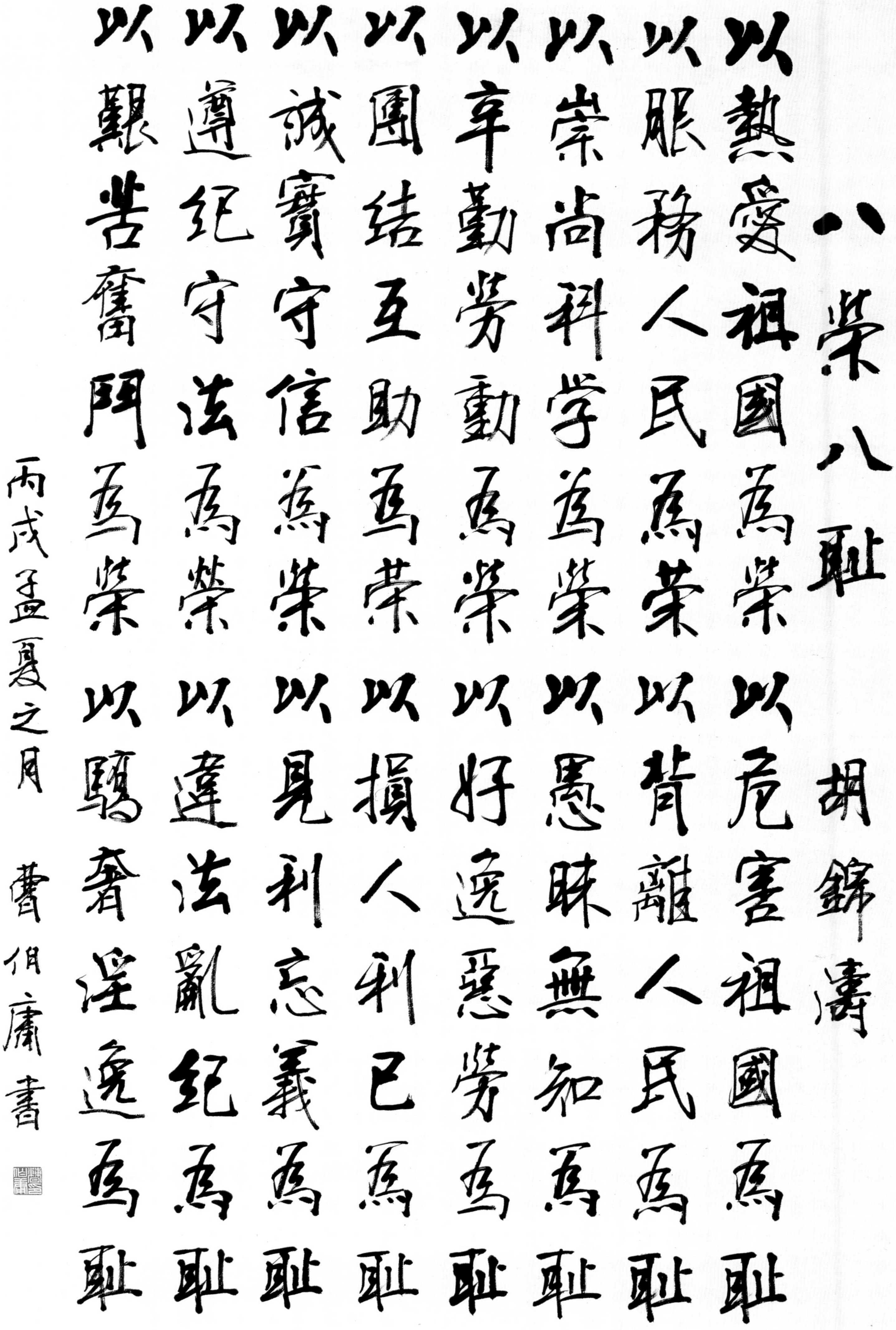
八榮八恥
胡錦濤
以熱愛祖國為榮 以危害祖國為恥
以服務人民為榮 以背離人民為恥
以崇尚科学為榮 以愚昧無知為恥
以辛勤勞動為榮 以好逸惡勞為恥
以團结互助為榮 以損人利己為恥
以誠實守信為榮 以見利忘義為恥
以遵紀守法為榮 以違法亂紀為恥
以艱苦奮鬥為榮 以驕奢淫逸為恥
丙戌孟夏之月
曹伯庸書

行书胡锦涛·八荣八耻 180cm×97cm 曹伯庸

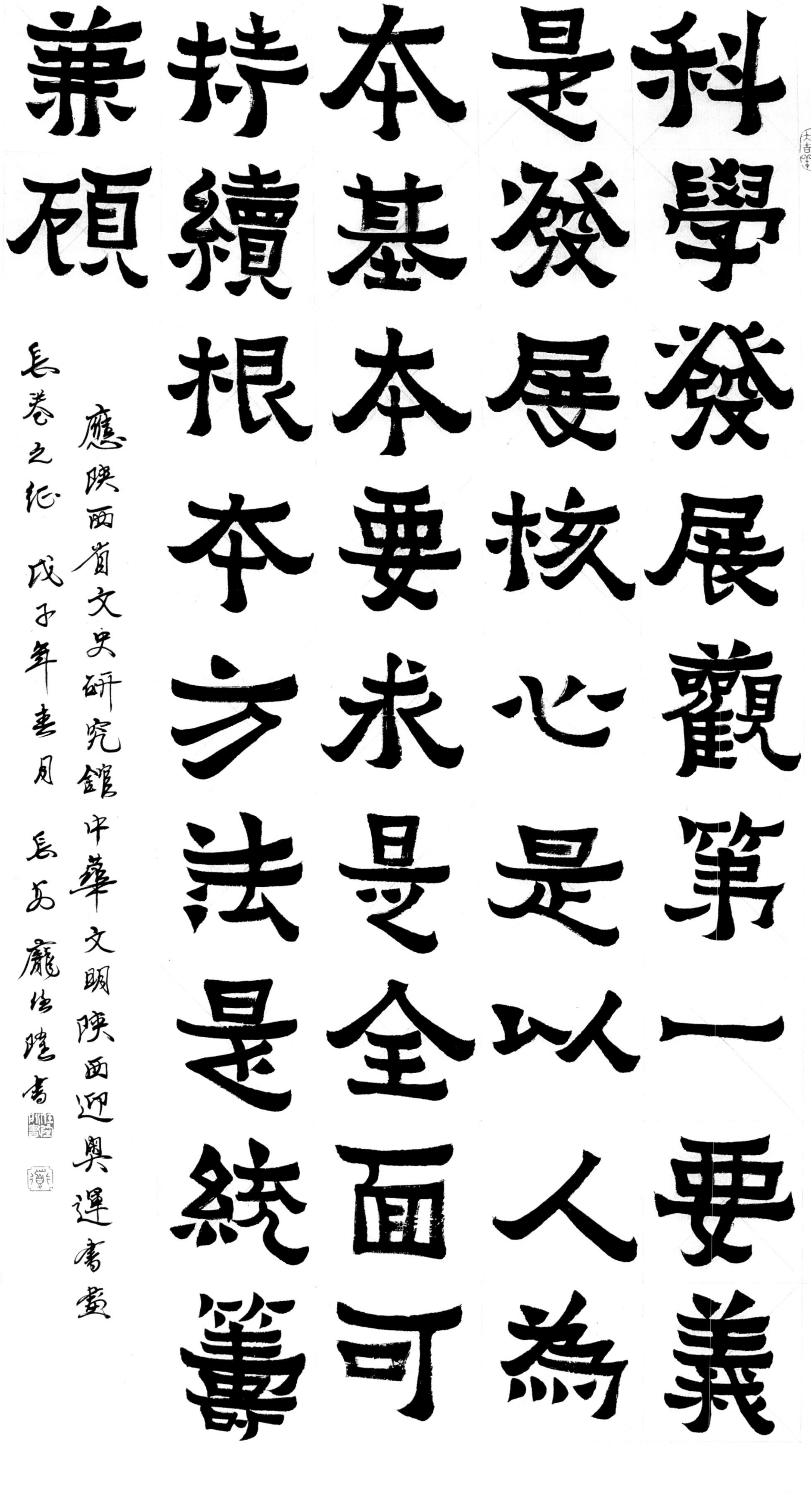
科學發展觀第一要義
是發展核心是以人為
本基本要求是全面可
持續根本方法是統籌
兼顧
應陝西省文史研究館中華文明陝西迎奥運書畫
長卷之作 戊子年春月 長安龐任隆書

楷书胡锦涛·科学发展观
180cm×97cm
庞任隆

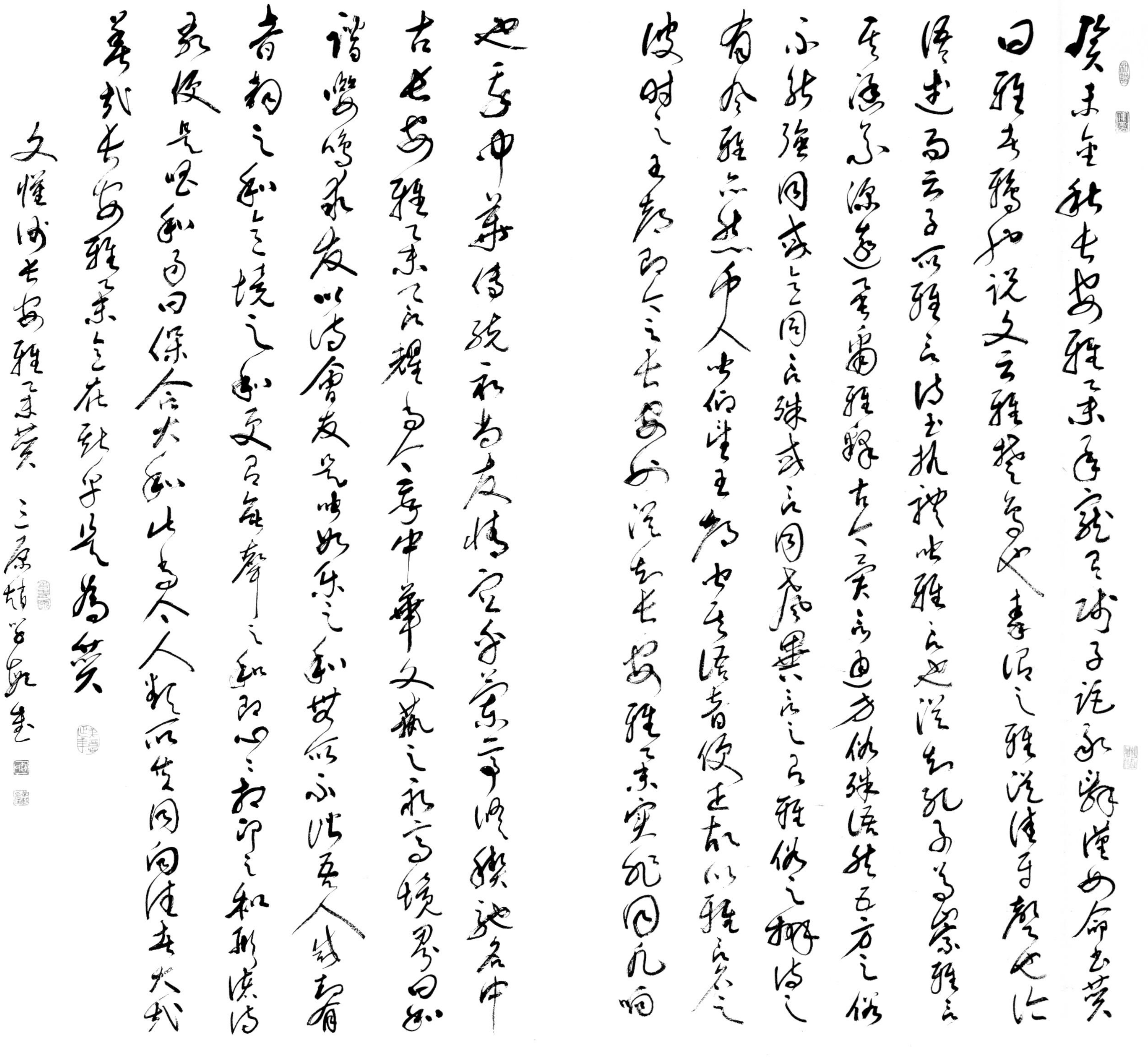

行书文怀沙·长安雅集赞　180cm×97cm×2　赵学敏

作者简介

刘　超（1919—　）陕西黄陵人。陕西省文史研究馆馆员，陕西省书法家协会会员，于右任书法学会副会长。

张建文（1921—　）河南孟州人。国家一级美术师。陕西省文史研究馆馆员，中国版画家协会会员，陕西省美术家协会会员。

王依仁（1923—　）字义之，陕西西安人。西安科技大学副教授。陕西省文史研究馆馆员，陕西省书法家协会会员。

张范九（1923—　）曾用名张恩畴，江苏省苏州人。中国书法家协会会员，陕西省书法家协会会员，西安终南印社理事，陕西省文史研究馆馆员。

王履祥（1925—　）字吕翔，安徽巢县人。陕西省文史研究馆馆员，西安美术学院副教授，中国美术家协会会员，陕西工艺美术学会顾问，陕西省美术家协会会员。

李克昌（1926—　）陕西商县人。陕西商洛师专美术系兼职教授。陕西省文史研究馆馆员，中国书法家协会会员。

罗国士（1929—　）曾用名罗蔺，湖北房县人。国家一级美术师。陕西省文史研究馆馆员，中国美术家协会会员，中国戏剧家协会会员、陕西省美术家协会艺委会委员。

刘　平（1929—　）字继邦，陕西泾阳人。西安市文史研究馆馆员，中国老年书画研究会顾问，陕西老年书画学会常务副理事长。

曹伯庸（1930—　）陕西礼泉人。陕西师范大学中文系教授。陕西省文史研究馆馆员，中国书法家协会会员、陕西省书法家协会理事、西安终南印社顾问。

程岭梅（1930—2007）女，字映雪，陕西咸阳人。陕西省文史研究馆馆员，陕西省书法家协会会员、陕西省妇女书画家协会名誉主席、咸阳市妇女书画协会会长。

王崇人（1931—）甘肃平凉人。陕西省文史研究馆馆员，陕西省书法家协会名誉主席，中国美术家协会会员、陕西省美术家协会理事。曾任西安美术学院教授、副院长。

余明伦（1931—　）陕西三原人。高级工程师，陕西省美术家协会会员，陕西省于右任书法学会顾问，陕西三秦文化研究会副秘书长。

姜敬问（1931—　）山东烟台人。陕西省文史研究馆书画研究员，陕西省美术家协会会员，北京中国画艺术委员会委员。

刘文西（1933—　）浙江嵊州人。国家一级美术师。陕西省文史馆馆员，中国文联委员、陕西省文联副主席，陕西省美术家协会副主席、中国美术家协会中国画艺委会委员，西安美术学院名誉院长、西安美术学院研究院院长。曾任中国美术家协会副主席。

任步武（1933—　）字奔先，陕西大荔人。中国书法家协会会员，中国书法家协会书法培训中心教授，中国诗书画研究院研究员，香港国际美术学院客座教授。

吴三大（1933—　）原名吴培基，号长安憨人、书院门丁，陕西西安人。国家一级美术师。陕西省文史研究馆馆员，陕西省书法家协会名誉主席。

邹宗绪（1933—　）江苏无锡人。国家一级美术师。陕西省文史研究馆馆员、中国美术家协会理事、陕西省美术家协会副主席，陕西省书法家协会理事。

温鸿源（1933—　）陕西省汉中人。陕西省文史研究馆馆员、陕西省美术家协会会员。

李凤兰（1934—　）女，陕西户县人。国家一级美术师。陕西省文史研究馆馆员，中国美术家协会会员，陕西省妇联常委、陕西省文联常委、陕西省农民画协会副主席。

陈忠志（1935—　）广西贵港人。西安美术学院教授，陕西省文史研究馆馆员，中国美术家协会会员。

茹　桂（1936—　）陕西西安人。西安美术学院教授。陕西省文史研究馆馆员，中国书法家协会学术委员会委员，陕西省书法家协会名誉主席。

田东海（1936—　）陕西合阳人。陕西省文史研究馆研究员，国家高级美术师，陕西书画艺术研究院副院长，陕西省直属机关书画协会副会长。

杨建兮（1937—　）原名建喜，陕西蓝田人。西安美术学院教授，陕西中国画院画家，中国美术家协会会员。

孙　杰（1937—　）笔名泉人，陕西白水人。国家一级美术师，陕西省文史研究馆馆员，中华仓颉书画研究院院长，陕西省书画培训学院教授。

翟荣强（1937—　）河南南阳人。国家高级工艺美术师，西安市文史研究馆馆员，西安牡丹书画院院长。

萧　焕（1938—　）原名焕儒，字思涛，陕西西安人。西安美术学院教授。陕西省文史研究馆馆员，中国美术家协会会员。

苗重安（1938—　）山西运城人。国家一级美术师。陕西省文史研究馆馆员，中国美术家协会会员、中国美术家协会河山画会副会长，中国人民大学兼职教授，曾任陕西国画院院长。

乔玉川（1938—　）河南宜阳人。西安市文史研究馆研究员，陕西盛世西部书画院艺术顾问。

李白颖（1938—　）中国美术家协会会员，陕西省文史研究馆研究员，咸阳美术家协会主席兼咸阳市画院名誉院长。

薛　凡（1938—　）陕西兴平人。陕西省文史研究馆馆员，兴平市文化馆名誉馆长、副研究员，兴平市文联名誉主席。

王天任（1939—　）笔名田人，河南荥阳人。国家一级美术师。陕西省文史研究馆馆员，陕西省雕塑院院长，中国美术家协会会员，中国书法家协会会员，中国雕塑学会理事、中国工艺美术学会雕塑委员会副会长、全国城雕艺委会委员、陕西省城雕艺委会副主任。

王学曾（1939—　）河南商水人。国家一级美术师，陕西省美术家协会会员，陕西书画研究会副会长，陕西秦岭书画院副院长。

赵学敏（ — ）原福建省委副书记，原国家林业副部长，中国书法家协会理事。

张保庆（1939—　）陕西城固人。原陕西省委副书记，陕西省政协副主席。

钟明善（1939—　）陕西咸阳人。西安交通大学教授。陕西省文史研究馆馆员，中国书法家协会顾问，陕西省书法家协会顾问，于右任书法学会会长，陕西省诗词学会理事，陕西省美术家协会会员。

胡西铭（1939—　）山西临猗人。国家一级美术师，西安市文史研究馆馆员，陕西书画协会副主席，陕西书画艺术研究院名誉院长。

陈长林（1939—　）河南开封人。国家一级美术师，陕西省美术家协会会员，陕西省山水画研究会会员，中国书画家协会理事。

费秉勋（1939—　）西北大学中文系教授、中国易学研究院院长，西安市文史研究馆馆员。

江文湛（1940—　）山东郯城人。国家一级美术师。陕西省文史研究馆馆员，西安国画院副院长，中国美术家协会会员。

王炎林（1940—　）河南郑州人。国家一级美术师，陕西省文史研究馆馆员，中国美术家协会会员，陕西省美术家协会艺委会委员，西安市文联委员。

叶炳喜（1940—　）陕西丹凤人。陕西省文史研究馆馆员，中国书法家协会会员、创作委员会委员，陕西省书法家协会顾问，陕西省美术家协会会员，咸阳市书法家协会主席。

萧云儒（1940—　）四川广安人。享受政府特殊津贴专家，陕西省文史研究馆馆员，中国文联委员、理论批评委员副主任、评论评奖委员会副主任，陕西省文联副主席。

李　圯（1940—　）陕西丹凤人。西安市文史研究馆研究员，西安市文史艺术研究院常务副院长，陕西省城市经济文化研究会副会长。

苗　墨（1940—　）又名苗三太，河南滑县人。国家一级美术师，中国美术家协会会员，陕西国画院专职画家。

万佩升（1940—　）陕西蒲城人。中国民族博物馆西安书画院副院长兼秘书长，香港书法家协会副主席。

王有政（1941—　）山西万荣人。国家一级美术师，陕西国画院专职画师。陕西省文史研究馆馆员，中国美术家协会会员，陕西省美术家协会常务理事。

马　良（1941—　）陕西西安人。陕西省文史研究馆馆员，陕西省美术家协会会员，长安国画研究院院长。

王培民（1941—　）字延年，陕西洛南人。陕西省文史研究馆馆员，陕西省书画院常务副院长。

方鄂秦（1941—　）湖北云梦人。国家一级美术师，陕西省文史研究馆馆员，陕西省美术家协会主席。

耿　健（1941—　）陕西绥德人。国家一级美术师，陕西省文史研究馆馆员，中国美术家协会会员、中国书法家协会会员，陕西省美术家协会常务理事。

温友言（1941—　）陕西三原人。西北大学艺术系教授、研究生导师。陕西省文史研究馆馆员，中国书法家协会会员、陕西省书法家协会理事，中国美术家协会会员。

谭光耀（1941—　）河南郸城人。国家一级美术师，陕西秦岭书画院院长。

骞国政（1941—　）陕西周至人。陕西省政协常委，陕西省文史研究馆研究员，中国书法家协会会员、中国作家协会会员。曾任《陕西日报》社社长兼总编辑、陕西省广播电视厅厅长等职。

戴希斌（1941—　）陕西西安人。西安美术学院教授、硕士生导师。陕西省文史研究馆馆员，中国美术家协会会员，中国人民革命军事博物馆画院兼职画师，陕西国画院兼职画师。曾任西安美术学院副院长。

马保林（1942—　）河南滑县人。中国美术家协会会员，陕西省文史研究馆研究员，陕西省美术家协会理事。

陈忠实（1942—　）陕西西安人。国家一级作家，陕西省文史研究馆馆员，中国作家协会副主席，陕西省作家协会顾问。

张天德（1942—　）笔名元觉、鉴之、老镐，河南滑县人。中国美术家协会陕西创作中心副秘书长，陕西省美术家协会会员。

杜中信（1942—　）北京市人。陕西省文史研究馆馆员，中国书法家协会会员，陕西省书法家协会顾问，西安市书法家协会主席。

白云腾（1943—　）陕西米脂人。曾任中共陕西省委常委、秘书长，陕西省人大常委会副主任等职。

景德庆（1943—　）陕西榆林人。西安市文史研究馆馆员，陕西美术院副院长，西安美术家协会副主席，陕西省国际文化交流中心理事。

杨智忠（1943—　）艺名石羊，陕西蒲城人。陕西省文史研究馆书画研究员，西安碑林博物馆副研究馆员，陕西省书法家协会会员，陕西棉絮画研究会副会长。

卫俊贤（1943—　）陕西韩城人。国家一级美术师，陕西省文史研究馆馆员。

劳　石（1943—　）陕西户县人。国家一级美术师，陕西省文史研究馆研究员，中国美术家协会会员，陕西省国际文化交流基金会书画院院长、教授。

师　寻（1943—　）字锋光，号槐里乡人，陕西兴平人。国家一级美术师，国家有突出贡献专家，陕西国画院专职画家。

张　立（1943—　）陕西临潼人。中国国画家协会理事，陕西书画研究院副院长，陕西山水画研究会理事。

雷珍民（1943—　）陕西合阳人。陕西省文史研究馆馆员，中国书法家协会理事、陕西省书法家协会主席，陕西国画院副院长。

梁　耘（1943—　）陕西蒲城人。国家一级美术师，西安科技大学教授，陕西省文史研究馆馆员，陕西山水画研究会主席，中国美术家协会会员。

戴　畅（1943—　）陕西蓝田人。国家一级美术师，陕西省文史研究馆研究员，陕西省文联专职画家。

胡树群（1944—　）陕西旬邑人。陕西省文史研究馆书画研究员，中国书法家协会会员，中国艺术研究院特聘画师，曼谷中国画院顾问，香港世界著名艺术家联合会名誉会长，曾任西安美术学院副院长，陕西省文联纪检组长等职。

郭全忠（1944—　）河南宝丰人，国家一级美术师。陕西国画院副院长。陕西省文史研究馆馆员，中国美术家协会会员，陕西省美术家协会常务理事。

余少君（1944—　）陕西省文史研究馆研究员，中国书法艺术研究会会员，中国摄影家协会会员，陕西省摄影家协会常务理事。

薛　铸（1944—　）陕西蒲城人。国家一级美术师，陕西省文史研究馆馆员，中国书法家协会理事、陕西省书法家协会顾问。

高民生（1944—　）陕西长安人。国家一级美术师，陕西省群众艺术馆研究员，陕西省美术家协会理事。

王千里（1944—　）中国书法家协会会员，西安市老年书画研究会副会长。

艾红旭（1944—　）河北束鹿人。陕西省文史研究馆研究员，高级美术师，陕西省美术家协会会员。

赵振川（1944—　）河北束鹿人。国家一级美术师，中国美术家协会常务理事，中国美术家协会艺委会委员，陕西省文联副主席，陕西省美术家协会党组成员，陕西省政协委员。

田集民（1945—　）陕西大荔人。高级工程师，陕西省户县书法家协会副主席。

李成海（1945—　）陕西西安人。国家二级美术师，陕西省文史研究馆馆员，中国书法家协会会员、陕西省书法家协会副主席。

李　梅（1945—　）陕西西安人，陕西汉唐书画院书法家。

陈云龙（1945—　）山东泰安人。长安大学图书馆顾问、副研究员，陕西省文史研究馆研究员，西安市书法家协会副主席。

张　臻（1945—　）女，陕西省文史研究馆研究员，陕西省妇女书画协会会长。

高　峡（1945—　）北京市人。陕西省文史研究馆馆员，中国美术家协会会员，中国书法家协会会员、陕西省书法家协会副主席、陕西美术家协会理事、中华诗词学会会员、陕西诗词学会理事。

高　尔（1945—　）女，陕西西安人。陕西省美术家协会会员，陕西省政协各界书画院国际部外联主任，中国影视书画艺术协会副理事长。

屈增民（1945—　）陕西西安市人。高级经济师，西北工业大学兼职教授，曾任西安市委副秘书长，陕西省于右任书法学会副会长。

袁大信（1945—　）陕西省文史研究馆研究员，陕西省美术家协会会员。

郭均西（1945—　）陕西省电视台高级美术师，陕西省文史研究馆研究员。

王西京（1946— ）陕西西安人。西安中国画院院长，陕西省文史研究馆馆员，中国美术家协会会员、西安市美术家协会主席。

胡明军（1946— ）陕西西安人。国家一级美术师，中国美术家协会会员，陕西省文史研究馆研究员，中国书法美术家协会理事、中国国画院副院长。陕西书画艺术协会副主席、陕西省省直机关书画协会副会长。

杜耀志（1946— ）陕西西安人。陕西省文史研究馆研究员，中国煤矿书法家协会理事，于右任书法协会会员，汉唐文化艺术研究院高级顾问。

范炳南（1946— ）笔名老陕，陕西西安人。重庆师范大学、西南大学、西安美术学院客座教授，画家、古玩鉴赏家。陕西省文史研究馆馆员，美国兰亭笔会会长。

程连凯（1946— ）陕西省文史研究馆研究员，陕西民族书画院院长。

张化洲（1946— ）中国书画艺术研究院理事，陕西书画艺术研究院副院长。

王改民（1947— ）陕西咸阳人。中国书法家协会艺术开发委员会委员、中国书法家协会西安创作基地主任、陕西省书法家协会副主席兼秘书长，陕西省直属机关书画协会会长。

罗坤学（1947— ）陕西西安人。陕西省文史研究馆馆员，西安碑林博物馆研究员。

吴佑国（1947— ）陕西省华阴人。西安美术学院外聘教师，陕西省文史研究馆研究员，中国美术家协会陕西分会会员。

汪海江（1947— ）甘肃兰州人。陕西书画艺术研究院副院长、陕西东方书画艺术研究院副院长。

墨　隆（1947— ）原名沈建国，陕西西安人。陕西省美术家协会会员，陕西省书画艺术研究院副院长，西安军旅艺术学院绘画系教授。

樊昌哲（1947— ）陕西蓝田人。国家一级美术师。陕西省文史研究馆研究员，中国美术家协会会员、陕西省美术家协会业务办公室主任、陕西省花鸟画研究会会长。

严明星（1948— ）字璞石，号西秦山人。陕西省文史研究馆研究员，陕西省美术家协会会员，陕西省书画艺术研究院副院长，陕西省东方书画艺术研究院副院长。

陈国勇（1948— ）重庆丰都人。西安美术学院国画系山水教研室主任、副教授，陕西省文史研究馆馆员，陕西省收藏家协会副会长。

张介宇（1948— ）河南濮阳人。陕西省文史研究馆研究员，职业画家。

王忠义（1949— ）陕西西安人。铜川市国画院专职画家，陕西炎黄画院常务副院长，陕西炎黄文化研究会理事，西安东方艺术进修学院教授。

李敬寅（1949— ）号梅雪村主。陕西省委宣传部助理巡视员。陕西省文史研究馆研究员，中国作家协会会员、中国散文学会会员。

李杰民（1949— ）陕西丹凤人。陕西省美术博物馆馆长、副研究馆员、鉴定委员会委员，陕西省文史研究馆研究员，陕西省书法家协会副主席、陕西书法教育研究会理事、省直机关书画协会副会长。

王定成（1949— ）陕西平利人。陕西省书法家协会副主席，西安书学院副院长，陕西省文史研究馆研究员，中国书法家协会会员，西北大学书画研究中心名誉主任、研究员，陕西省直属机关书画协会副会长。

郭银峰（1949— ）甘肃合水人。陕西省文史研究馆研究员，中国书法家协会会员，陕西省美术家协会会员，陕西省人大办公厅调研员。

王　鹰（1950— ）号丰山，陕西蒲城人。陕西省文史研究馆馆员、中国美术家协会陕西分会会员、西安美术家协会会员。

韩银祥（1950— ）陕西韩城人。曾任陕西省省长秘书、陕西省法制局局长等职，现任陕西省文史研究馆副馆长，陕西省书法家协会会员。

田　婕（1951—　）女，又名宏杰，号兰亭居士，陕西蓝田人。陕西省文史研究馆研究员，陕西省妇女书画家协会副主席。

路毓贤（1951—　）笔名逄庵，陕西周至人。陕西省文史研究馆馆员，中国书法家协会会员、陕西省书法家协会副主席。

邱宗康（1951—　）女，字碧禅，浙江吴兴人。国家二级美术师、西安理工大学兼职教授。中国书法家协会会员、西安市书法家协会副主席。

罗金保（1952—　）甘肃天水人。陕西省文史研究馆研究员、中国美术家协会会员、陕西省美术家协会会员。

李艳秋（1952—　）女，辽宁沈阳人。国家二级美术师。陕西教育学院美术系副教授。陕西省文史研究馆研究员、中国书法家协会会员、陕西省书法家协会副主席。

张炳文（1952—　）陕西西安人。陕西书画艺术研究院副院长、西安碑林书画研究会会长。

赵瑞安（1952—　）陕西西安人。二级美术师，.陕西美术家协会会员,西安市文史馆艺术研究员。

贾平凹（1952—　）陕西丹凤人。全国政协委员，中国作家协会理事、陕西省作家协会主席，《美文》杂志主编，西安市文史研究馆馆员。

王　蒙（1953—　）笔名阿蒙，号龟背庐主、雁塔西楼客。陕西省政协常委，陕西省文史研究馆研究员，陕西省书法家协会副主席。

杨　梵（1953—　）西安中国画院画家，陕西书画艺术研究院副院长。

尚申三（1953—　）中国铁道文艺协会会员、陕西省美术家协会会员、陕西艺术研究院副院长。

马振西（1954—　）陕西西安人。国家一级美术师，中国美术家协会会员，陕西文史研究馆研究员，陕西省秦汉绘画研究院院长。

申甫君（1954—　）河南虞城人。陕西省青年书法家协会秘书长。

赵大山（1954—　）陕西省政协委员，陕西省书法家协会副主席，陕西省文史研究馆研究员，陕西省对外国际交流书画协会副会长。

高松岩（1954—　）陕西西安人。陕西省政府办公厅参事室办公室主任、《陕西参事》主编，中共陕西省委研究室特邀研究员，陕西省文史研究馆研究员，西安中国画院画家。

袁　方（1954—　）陕西志丹人。国家一级美术师。陕西历史博物馆壁画研究中心副主任，中国美术家协会会员，中华书法研究会会员，陕西汉唐文化艺术研究院院长。

谢　辉（1954—　）湖南长沙人。一级美术师，中国美术家协会会员，陕西省文史研究馆研究员，省政协书画院院长。

惠　维（1954—　）陕西西安人。西安市委印刷厂厂长，陕西省文史研究馆研究员，陕西省美术家协会、书法家协会理事。

骆孝敏（1954—　）陕西西安人。陕西省文史研究馆研究员，陕西省美术家协会会员，长安青年美术家协会副会长。

蔡昌林（1954—　）陕西岐山人。陕西历史博物馆研究员，陕西省文史研究馆研究员，陕西省工艺美术系列高职评委。

朱　路（1955—　）陕西岐山人。西安美术学院成人教育院教授，陕西省美术家协会会员、书法家协会会员，陕西省秦汉绘画研究院副院长。

张小琴（1955—　）女,山东蓬莱人。陕西国画院画师，西安美术学院中国画系教授、硕士研究生导师。陕西省文史研究馆研究员，中国美术家协会会员、中国工笔画学会会员。

张三星（1955— ）陕西淳化人。西安市文史研究馆文史业务处处长，《说古道今》副主编。

杨光利（1955— ）又名杨光，陕西绥德人。国家一级美术师，中国美术家协会会员，陕西国画院副院长。

陈天民（1955 — ）字玄伯，号奉天草民，别署易安庐主，陕西乾县人。中国书法家协会会员，咸阳市书法家协会副主席，曾获全国第二届书法兰亭奖。

魏　良（1955— ）陕西西安人。陕西省文史研究馆研究员，陕西省书法家协会副主席。

石　丹（1956— ）女,国家一级美术师。陕西省文史研究馆研究员，中国美术家协会会员、陕西美术家协会创作研究部专业画家。

李清逸（1956— ）陕西凤翔人。陕西工商联副主席，陕西省总商会副会长。陕西省文史研究馆研究员，陕西省美术家协会会员，陕西省书法家协会会员。

张　魁（1956— ）陕西西安人。陕西省政协《各界导报》主编、社长，陕西省文史研究馆研究员，陕西省书法家协会会员。

崔宝堂（1956— ）字石山，号金竹园主人，陕西宝鸡人。国家二级美术师，西安中国画院特聘画家，陕西省文史研究馆研究员，中国书法家协会刻字研究会委员兼刻字评审委员会委员，陕西金融书画协会秘书长。

顾长平（1956— ）江苏睢宁人。国家二级美术师，西安中国画院画家，陕西省文史研究馆研究员，陕西书画艺术研究院副院长。

姬国强（1956— ）河南西峡人，中国美术家协会会员，西安美术学院国画系副教授，陕西省文史研究馆研究员。

李秦隆（1956— ）陕西西安人。西安美术学院美术教育系副主任、教授，中国美术家协会会员，陕西国画院特约画家。

郝小明（1956— ）陕西省书法家协会会员，陕西艺术培训学院常务副院长。

吴振锋（1957— ）笔名不然，别署万庐、冷月庐主。陕西商州人。陕西省美术博物馆收藏部主任，陕西省文史研究馆研究员，中国书法家协会学术委员会委员、陕西省青年书法家协会学术委员会主任。

赵居阳（1957— ）陕西礼泉人。陕西省文史研究馆研究员，陕西省书法家协会会员，陕西省直属机关书画协会秘书长，陕西国际书画交流协会常务副会长。

严　肃（1957— ）女，湖南安乡人。西安中国画院画师，陕西省文史研究馆研究员，陕西省美术家协会会员，陕西书画研究会会员，西安国画艺术研究院研究员。

谢长安（1957— ）河北深县人。陕西省美术家协会会员，陕西大家书画文化有限公司专职画家，陕西省书画艺术协会理事。

王榆生（1958— ）陕西榆林人。中国民间文化艺术研究会常务理事，陕西省文史研究馆研究员，澳门画院副院长。

马　良（1958— ）陕西西安人。陕西省文史研究馆研究员，陕西省美术家协会会员，工艺美术师，长安中国画院院长。

罗　宁（1958— ）陕西扶风人。陕西国画院副院长、陕西国画院艺术委员会委员，陕西省文史研究馆研究员，陕西青联常委。

杨晓阳（1958— ）陕西西安人。西安美术学院院长，教授、博士生导师，国家三五人才，中国美术家协会副主席、全国青联委员。

韩　莉（1958— ）女，西安美术学院副教授。陕西省文史研究馆研究员，陕西省花鸟画研究会理事。

赵晓荣（1958— ）中国美术家协会会员，西安美术学院中国画系副教授，陕西省文史研究馆研究员。

周起翔（1958— ）二级美术师，陕西省文史研究馆研究员，陕西美中文化交流中心理事。

贾海燕（1958— ）陕西西安人。中国美术家协会会员，中国书法家协会会员，中国智能书画协会副会长，陕西省秦汉绘画研究院书艺委员会副主任。

郑培熙（1958— ）山东日照人。中国美术家协会会员，西安市文史研究馆研究员，陕西艺术学院副院长。

蔡小枫（1958— ）福建福州人。西安市美术广告公司专职画家，陕西省美术家协会会员，陕西省青联委员，西安工程大学服装学院客座教授。

王广香（1959— ）女，陕西西安人。陕西省文史研究馆研究员，陕西省美术家协会会员，陕西老年大学客座教授。

刘培民（1959— ）陕西白水人。陕西省文史研究馆研究员，陕西省美术家协会会员、书法家协会会员，渭南市书画院副院长。

陈　默（1959— ）陕西西安人。陕西省文史研究馆研究员，陕西人民艺术剧院美工，陕西美术家协会会员，陕西书画艺术研究院副院长。

徐福庵（1959— ）河北承德人。陕西省文史研究馆研究员，陕西省书法家协会会员。

范长安（1959— ）艺名山果，号终南樵夫、吾石斋主。陕西汉唐文化艺术研究院副院长，陕西省山水画研究会理事，西安市文史馆艺术研究院研究员。

庞任隆（1959— ）副研究馆员，陕西省文史研究馆研究员，中国书法家协会会员，《中国书画报》特约记者，陕西省书法家协会骊山创作基地主任、陕西骊山书画艺术研究院院长。

郝　光（1959— ）河南孟州人。西安美术学院教授，硕士研究生导师，中国美术家协会会员，陕西省文史研究馆研究员。

缪喜庆（1959— ）字纯青，荷砚斋主，陕西西安人。陕西省书法家协会会员，西安市美术家协会会员。

石瑞芳（1960— ）女，天津武清人。陕西省文史研究馆研究员，中国书法家协会会员、陕西省书法家协会秘书长。

宋亚平（1960— ）女，陕西礼泉人。西安中国画院特聘画师，陕西省文史研究馆研究员，陕西妇女书画家协会副主席。

肖力伟（1960— ）女，长安大学中国书画研究院书画家，西安中国画院书画家，陕西省直属机关书画协会常务理事。

魏　伟（1960— ）字清水，陕西西安人。西安美术学院教授，陕西省美术家协会会员。

李玉田（1961— ）陕西扶风人。西安美术学院成人教育学院国画教研室主任、副教授，江苏省、陕西省国画院特聘画家。

范　华（1961— ）陕西蓝田人。国家一级美术师，西安中国画院副院长，陕西省文史研究馆研究员。

孙文忠（1962— ）陕西师范大学艺术学院副院长、副教授、硕士研究生导师，陕西省文史研究馆研究员。

郑三碧（1962— ）河南项城人。陕西省文史研究馆研究员，省慈善协会理事。

陈　宏（1962— ）字东长，号风流布衣，陕西白水人。陕西省美术家协会会员，陕西省书画艺术研究院副院长、炎黄书画院副院长。

薛养贤（1962— ）号闲闲居主，陕西韩城人。西安交通大学副教授，硕士生导师，中国书法家协会评审委员、陕西省书法家协会副主席，陕西省文史研究馆研究员。

雒建安（1962— ）陕西泾阳人。国家二级美术师，西安中国画院画家，陕西书画研究院副院长。

巢　贞（1963— ）女，陕西西安人。西安中国画院画家。

王保安（1964— ）江苏徐州人。中国美术家协会会员，西安美术学院副教授，陕西省文史研究馆研究员。

王金如（1964— ）女，笔名一舟，河南信阳人。国家二级美术师。陕西省文史研究馆研究员，陕西省美术家协会会员。

李　敏（1964— ）女，重庆人。西安中国画院专职画家。陕西省文史研究馆研究员，陕西省美术家协会会员，陕西省花鸟协会理事。

杨稳新（1964— ）又名杨子江、采薇园主，西安灞桥人。陕西省文史研究馆研究员，陕西省书画研究院副院长，陕西省直机关书画协会常务理事兼副秘书长。

杨佳焕（1964— ）陕西咸阳人，陕西中国画家签约会员。陕西师范大学美术学院国画系教师。

萧李蕾（1964— ）女，陕西西安人。武警工程学院副教授，陕西省文史研究馆研究员。

郑玄真（1965— ）陕西咸阳人。陕西省文史研究馆研究员，陕西青联委员，陕西省政协委员，西安书学院教授，陕西省书法家协会理事。

张红春（1966— ）女，中国书法家协会会员，陕西省书法家协会副主席，陕西省文史研究馆研究员。

刘长江（1968— ）陕西西安人。国家二级美术师，陕西省文史研究馆研究员，陕西省美术家协会会员，西安中国画院画家。

宋郭莲（1970— ）女，陕西礼泉人。陕西省文史研究馆研究员，二级美术师。

张晓健（1971— ）陕西西安人。陕西师范大学艺术学院国画系讲师。

常　斌（1971— ）陕西西安人。陕西省文史研究馆研究员，陕西书画艺术研究院副院长，陕西省书法家协会会员。

王　艾（1972— ）女，陕西西安人。西安中国画院画家，陕西省山水画研究会画家。

李　娜（1972— ）女，陕西西安人。西安中国画院画家，中国禅佛书画研究院画家。

严学良（1973— ）甘肃天水人。中国撒拉族民族书画院学术委员会主任，陕西人大工作者书画研究会理事长，美国圣约翰大学客座教授，新加坡艺术学院客座教授。

赵云雁（1975— ）字子云，甘肃天水人，中国撒拉族民族书画院人物画委员会副主任、西安美术学院中国画系研究生、于右任书法学会理事、西部书画艺术中心特聘画师。

马建博（1978— ）陕西礼泉人。西安美术学院在校硕士研究生。

思　秦（1979— ）原名薛勇，陕西周至人。陕西省美术家协会会员，陕西金石书画院常务理事，陕西省青年实力派画家联谊会副会长，陕西省书画艺术研究院理事，陕西百位中青年文化名人。

长安雅集（感业文化杯）书画大奖赛评审委员会

顾　问：（以姓氏笔划为序）

王西京　王改民　文怀沙　王崇人　方鄂秦　白云腾　江文湛
杜中信　张　海　张世简　张保庆　陈忠志　陈忠实　罗国士
邹宗绪　苗重安　赵振川　茹　桂　胡树群　侯德昌　高　峡
贾平凹　郭全忠　曹伯庸　韩银祥　温友言　骞国政　薛　铸

名誉主任：

刘文西　杨晓阳

主　任：

吴三大

委　员：（以姓氏笔划为序）

王炎林　陈国勇　钟明善　萧　焕　萧云儒　雷珍民　戴希斌

长安雅集（感业文化杯）书画大奖赛获奖名单

■ 金奖

绘画类：

张介宇 《丝路明珠》
张小琴 《大唐清平乐》
王　鹰 《和平使者》

书法类：

任步武 《楷书史记·黄帝本纪》
李成海 《行书汉乐府·长歌行》

■ 银奖

绘画类：

姬国强 《叼羊图》
蔡小枫 《香冷隔尘埃》
李白颖 《张骞出使》
孙文忠 《南国渔歌》
梁　耘 《春风吹渡玉门关》
严明星 《太白积雪图》
李清逸 《地球之巅》

书法类：

路毓贤 《篆书孙子兵法·谋攻篇》
张红春 《草书王国维·人间词话》
魏　良 《行书李商隐·无题》
薛养贤 《行书曹雪芹·红楼梦诗》

■ 铜奖

绘画类：

张建文 《鹳雀楼》
杨建兮 《山高林为峰》
樊昌哲 《映山花红十里香》
王保安 《黄山云松》
赵晓荣 《松柏有雅致》
袁　方 《盛唐马球图》
李　敏 《油菜花香飘万里》
王金如 《维族少女》
范　华 《春雨忽来大江东》
吴佑国 《忠诚的朋友》
艾红旭 《中华之光》
严　肃 《黄土秋韵》
李秦隆 《终南太平峪》
尚申三 《天山牧歌》
耿　建 《诗圣杜甫》
戴　畅 《黄河颂》
李凤兰 《五谷丰登》
姜敬问 《留得葫芦赏秋色》
王忠义 《壮志凌云》
宋郭莲 《耄耋高寿》
宋亚平 《衡山云海》
石　丹 《蜻蜓点白荷》
李　娜 《将军令》
罗金保 《沐　春》
郝　光 《高秋野趣图》
王榆生 《祁连春雨》
刘长江 《峨嵋清音》
卫俊贤 《丝绪萦怀》
胡西铭 《珠光玉颜》
马保林 《迎春花开》
顾长平 《千秋良缘》
骆孝敏 《珠玑满腹》
马　良 《苏轼问月》
雒建安 《秦皇一统》
魏　伟 《秦岭春色》
马振西 《鉴真东渡》

书法类：

叶炳喜 《隶书孟子·告子下》
田集民 《楷书曹植·洛神赋》
陈天民 《草书王羲之·兰亭序》
李杰民 《行书孙中山·总理遗嘱》
邱宗康 《篆书马致远·天净沙》
李艳秋 《隶书曹操·龟虽寿》
王　蒙 《行书史游·急就章》
罗坤学 《楷书唐太宗·帝京篇》
石瑞芳 《行书康有为·广艺舟双楫》
吴振锋 《行书诸葛亮·出师表》
崔宝堂 《篆书汉高祖·大风歌》
郑玄真 《草书曹丕·典论》
徐福庵 《揩书朱熹·治家格言》
陈云龙 《隶书陶渊明·饮酒》

图书在版编目（CIP）数据

长安雅集/李炳武主编.—西安：陕西人民美术出版社，2008.5
ISBN 978-7-5368-2176-7

Ⅰ.长… Ⅱ.李… Ⅲ.①汉字—书法—作品集—中国—现代②中国画—作品集—中国—现代
Ⅳ.J222.7

中国版本图书馆CIP数据核字（2008）第061373号

长安雅集

编　　者　陕西省文史研究馆
出版发行　陕西人民美术出版社（西安市北大街131号　邮编：710003）
　　　　　发行部电话：029－87262491　　　传真：029－87265112

印　　刷　深圳雅昌彩色印刷有限公司
制　　作　陕西海天印务有限公司
开　　本　787mm×1092mm　8开34印张
字　　数　50千字
版　　次　2008年5月第1版　2008年5月第1次印刷
印　　数　1－3000
书　　号　ISBN　978－7－5368－2176－7
定　　价　580.00元